MAGIC ANIMALS

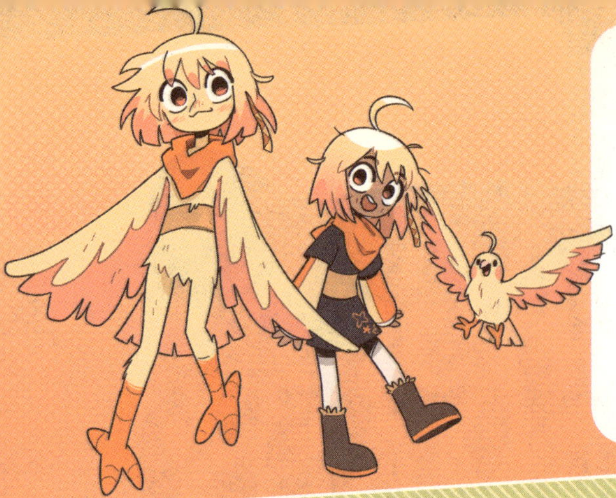

ABI BIRD

Alegre, curiosa y bastante terca. Siempre dispuesta a ayudar.
Poderes: volar, potentes zarpas e imitar sonidos.

ÉRIC GRIZZLY

Puede parecer algo ingenuo y a veces un poco torpe. Pero ante todo es noble.
Poderes: fuerza descomunal y rugido terrorífico.

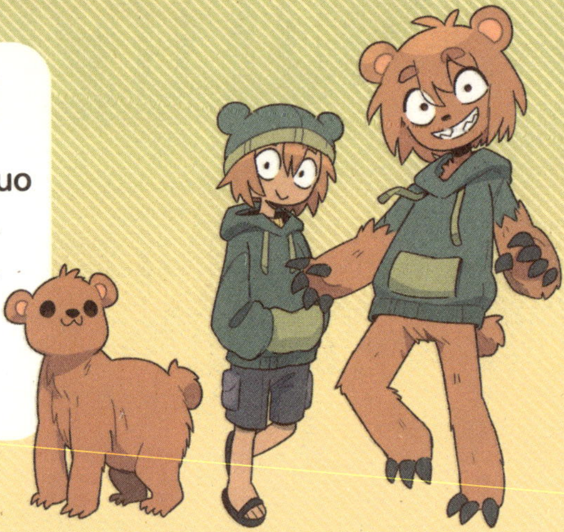

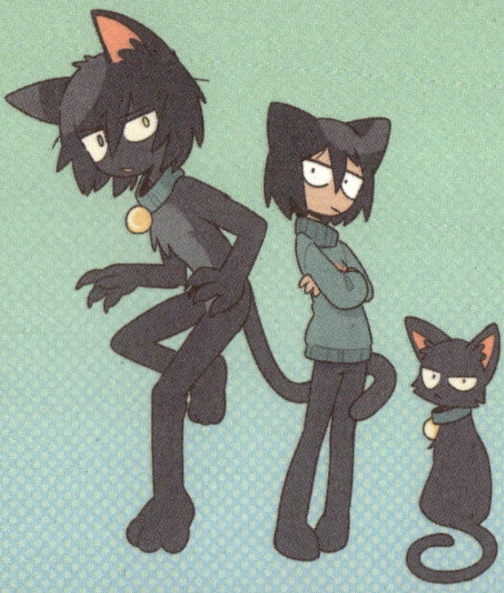

CLOE CAT

Gruñe y refunfuña sin parar. Aunque parece fría, tiene un gran corazón.
Poderes: acrobacias alucinantes y garras voladoras.

YUNA WOLF

Simpática, bromista y muy golosa. Le encanta cocinar panquecitos de todo tipo.
Poderes: supervelocidad y olfato prodigioso.

NICO SALAMANDER

Es muy observador, más bien tímido y callado. Le apasiona leer y aprender cosas nuevas.
Poderes: lengua viscoelástica y camuflaje.

HELA CROW

Es astuta, solitaria y de ideas perversas. Trabaja con el malvado mago Otto.
Poderes: volar y producir vendavales y oscuridad.

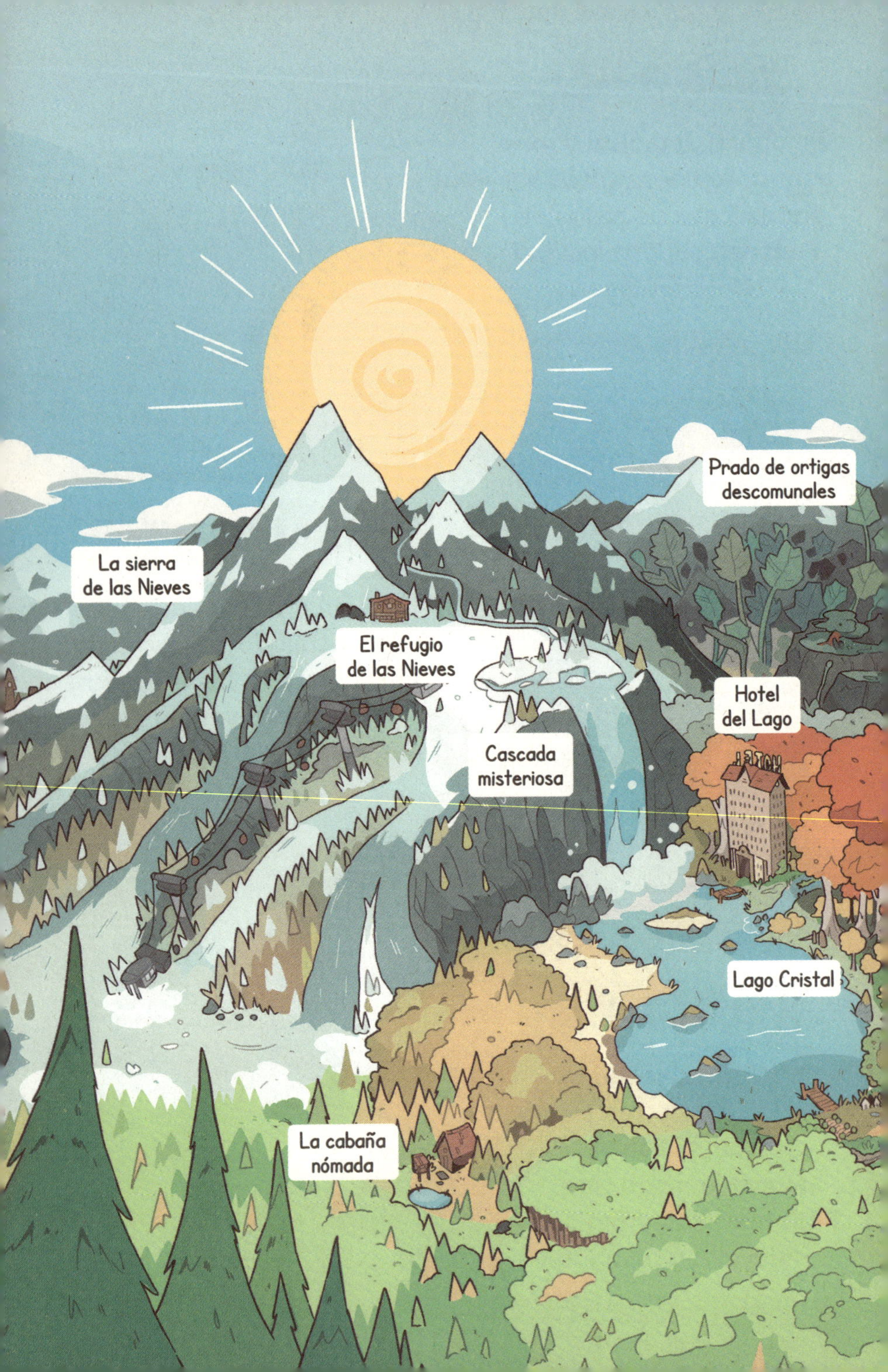
Prado de ortigas descomunales
La sierra de las Nieves
El refugio de las Nieves
Hotel del Lago
Cascada misteriosa
Lago Cristal
La cabaña nómada

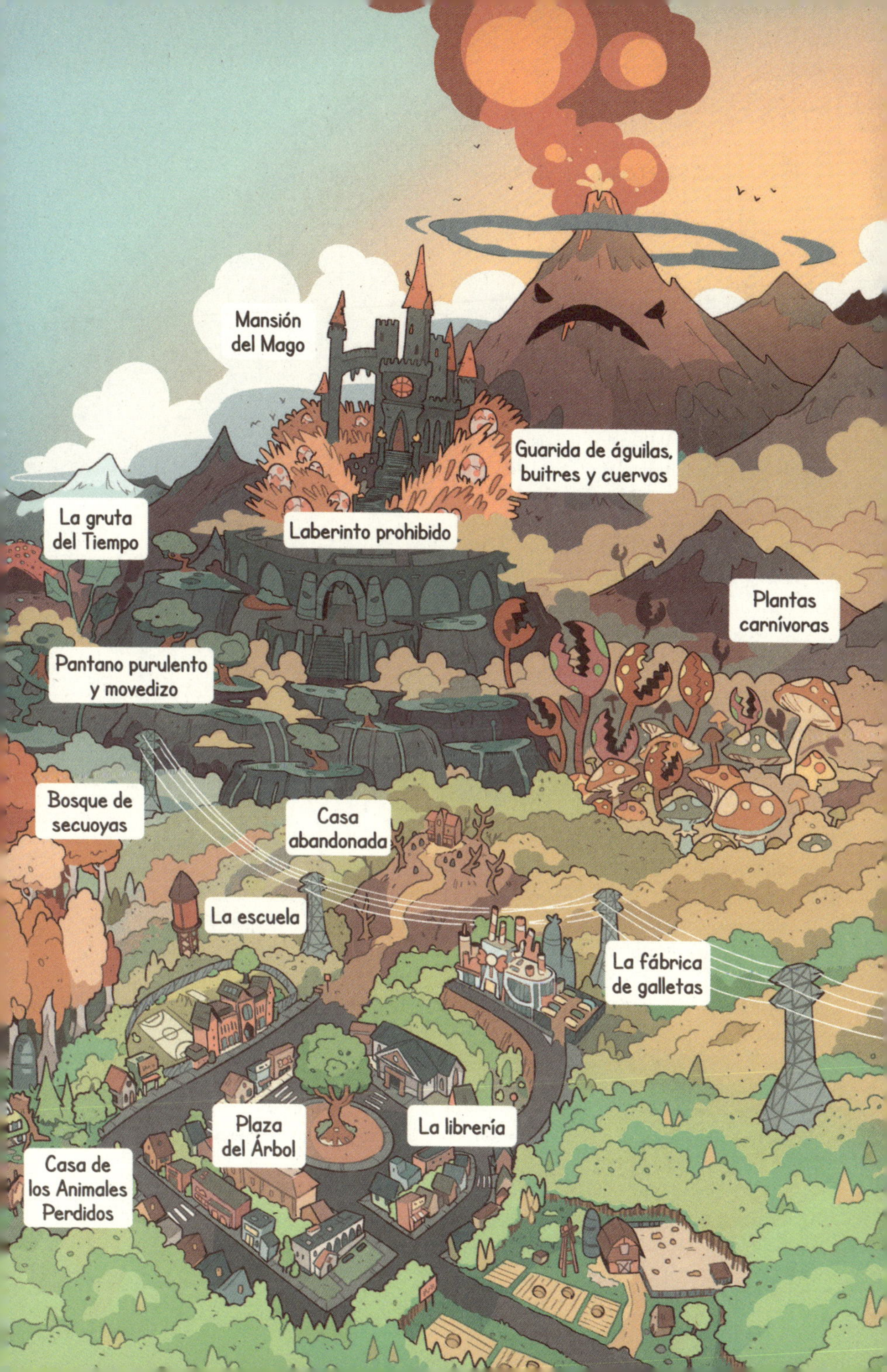
Mansión del Mago
Guarida de águilas, buitres y cuervos
La gruta del Tiempo
Laberinto prohibido
Plantas carnívoras
Pantano purulento y movedizo
Bosque de secuoyas
Casa abandonada
La escuela
La fábrica de galletas
Plaza del Árbol
La librería
Casa de los Animales Perdidos

Obra editada en colaboración con Editorial Planeta – España

© del texto, Susanna Isern, 2023
© de las ilustraciones, Carles Dalmau, 2023
Maquetación: Endoradisseny

© 2023, Editorial Planeta S. A. – Barcelona, España

Derechos reservados

© 2024, Editorial Planeta Mexicana, S.A. de C.V.
Bajo el sello editorial DESTINO INFANTIL & JUVENIL M.R.
Avenida Presidente Masarik núm. 111,
Piso 2, Polanco V Sección, Miguel Hidalgo
C.P. 11560, Ciudad de México
www.planetadelibros.com.mx

Primera edición impresa en España: mayo de 2023
ISBN: 978-84-08-27184-0

Primera edición en formato epub: noviembre de 2024
ISBN: 978-607-39-2239-5

Primera edición impresa en México: noviembre de 2024
ISBN: 978-607-39-2199-2

No se permite la reproducción total o parcial de este libro ni su incorporación a un sistema informático, ni su transmisión en cualquier forma o por cualquier medio, sea este electrónico, mecánico, por fotocopia, por grabación u otros métodos, sin el permiso previo y por escrito de los titulares del *copyright*.

La infracción de los derechos mencionados puede ser constitutiva de delito contra la propiedad intelectual (Arts. 229 y siguientes de la Ley Federal de Derechos de Autor y Arts. 424 y siguientes del Código Penal Federal).

Si necesita fotocopiar o escanear algún fragmento de esta obra diríjase al CeMPro (Centro Mexicano de Protección y Fomento de los Derechos de Autor, http://www.cempro.org.mx).

Impreso en los talleres de Litográfica Ingramex, S.A. de C.V.
Centeno núm. 162-1, colonia Granjas Esmeralda, Ciudad de México
Impreso en México - *Printed in Mexico*

SUSANNA ISERN

MAGIC ANIMALS

LA INVASIÓN DE LAS RANAS GIGANTES

Ilustraciones de Carles Dalmau

DESTINO

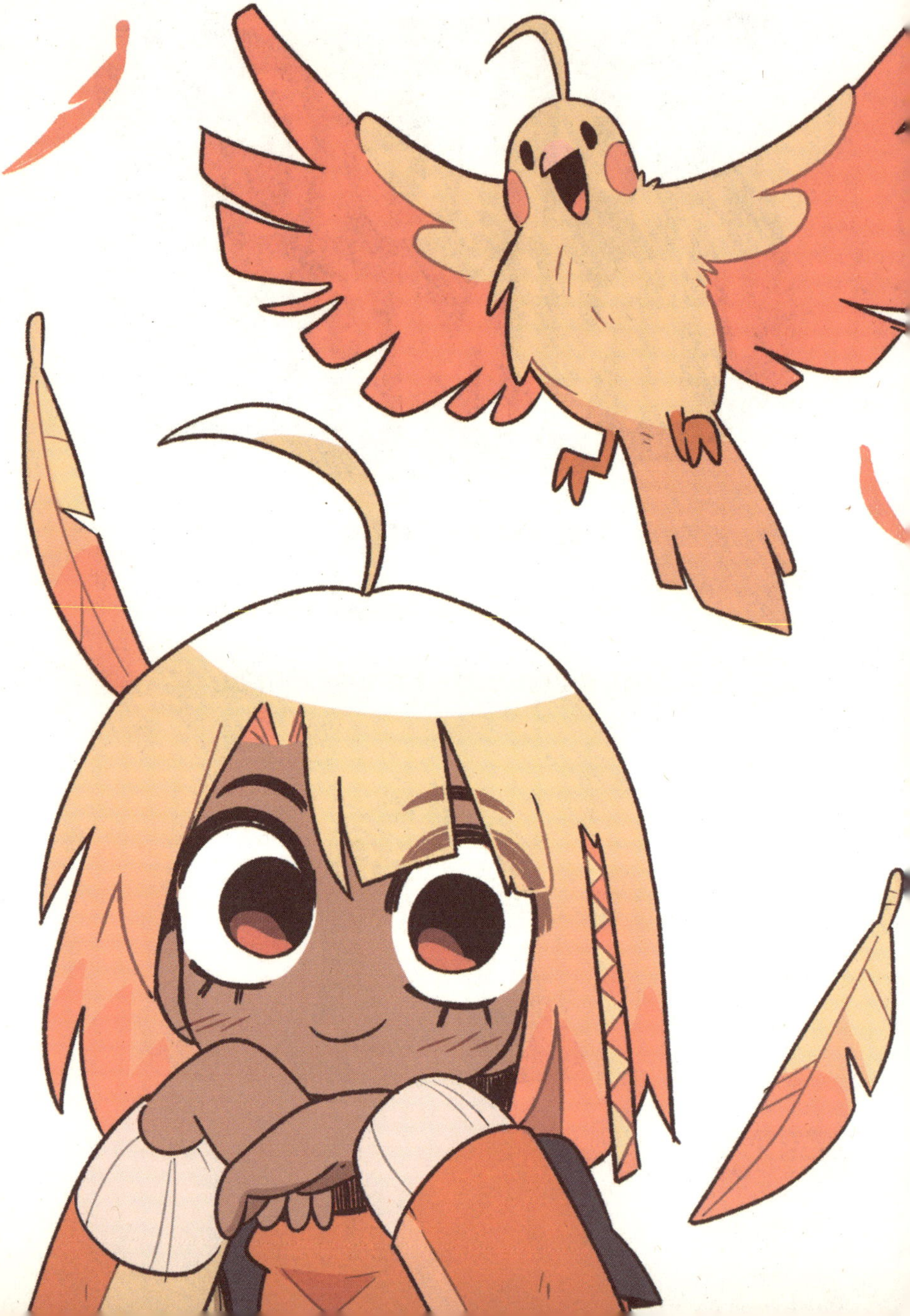

1
UN SILENCIO SOSPECHOSO

Me llamo Abi, Abi Bird. Como todos los pájaros, nací rompiendo un huevo. Pero la noche del trueno eterno me convertí en niña y más tarde, gracias al poder del amuleto, en Magic Animal. Por si aún no lo sabes, ser Magic Animal significa ser mitad humano, mitad animal y poseer unos poderes extraordinarios. Así que ahora puedo ser lo que yo quiera: niña, animal o una mezcla de ambos. ¿No es asombroso? Mis amigos son Éric Grizzly, Cloe Cat, Yuna Wolf y Nico Salamander, que también son mágicos. Nos fuimos a vivir con Silvana a la Casa de los Animales Perdidos, ella es la única humana que conoce nuestro secreto.

Reconozco que a veces extraño mi antigua vida de pájaro. Ya sabes, volar, piar, cantar y poco más. No es que esto de ser niña no me guste, está genial. Sobre todo cuando Silvana prepara panqué de canela y chocolate caliente, ¡qué delicia! Antes sólo comía semillas y uno que otro bichito (vivito y pataleando, por cierto). Pero cuando de repente te encuentras atrapada en una baba gigante, apestosa y pegajosa, entonces sí, desearía regresar a mis días tranquilos de ave. ¿Soy una exagerada? Pues espera a saber la que

se armó en el valle de Blim con las ranas, los renacuajos y el sapo.

Todo empezó una tarde normal (o eso parecía). Como de costumbre, Silvana nos daba clases de humano. Sí, has leído bien. Ella nos enseñaba a comportarnos como personitas. Como imaginarás, eso no era algo sencillo para unas criaturas como nosotros.

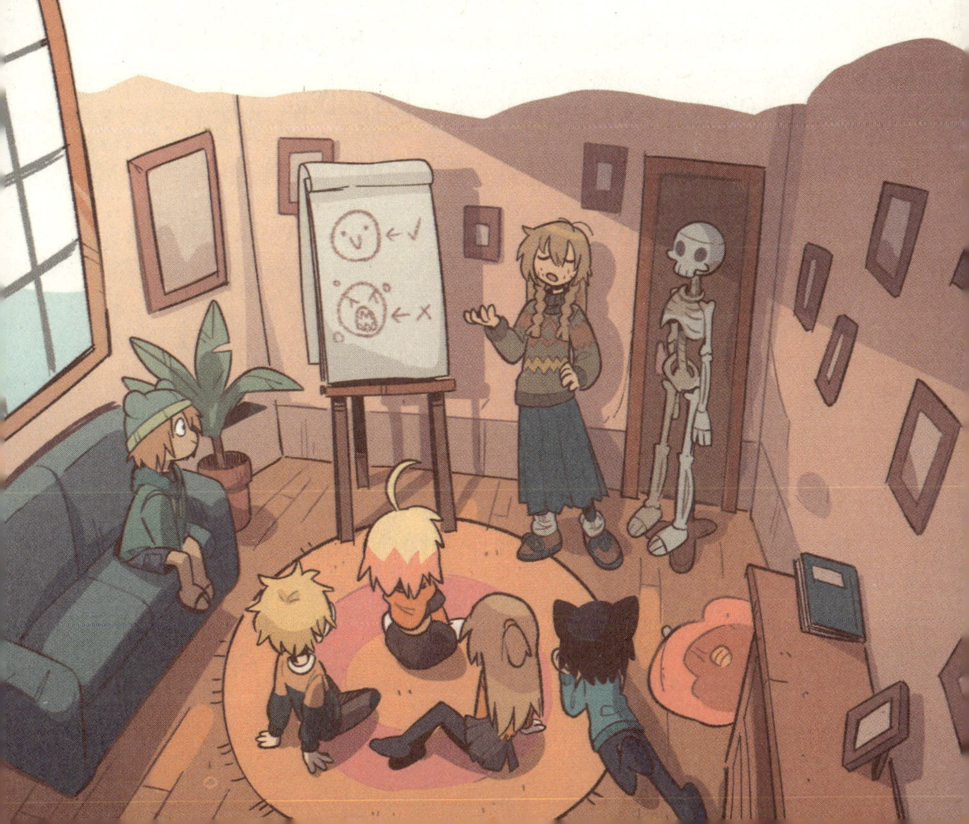

—Veamos —dijo Silvana—, supongamos que están en la calle y que se encuentran con una anciana ciega que ha perdido la correa de su perro. ¿Cómo actuarían?

—Uy, con esa fiera suelta yo saldría corriendo —contestó Nico sin dudarlo—. A algunos perros les gusta comer salamandras. ¡Prefiero no arriesgarme!

—Pues yo lo tengo claro —dijo Yuna—. Los perros se creen superiores a los lobos. ¡Y es mentira! Haría pipí en los árboles y los postes para marcar territorio, ¡que se enteren de quién manda en el pueblo!

—Yo pegaría mi cara a la suya —explicó Éric— y le rugiría muy fuerte enseñándole los colmillos. Si es listo, huirá muy lejos.

—¡No tienen ni idea! —intervino Cloe—. Hay

que demostrarle quién es más veloz. Yo lo retaría a jugar carreritas. Les aseguro que, contra mí, un perrito doméstico no tiene nada que hacer.

—Chicos… —titubeó Silvana—, no sé si entendieron la idea de este ejercicio. ¿Qué harías tú, Abi?

—Ellos se han centrado erróneamente en el perro —repuse—. La clave está en la anciana.

—¡Vas bien! —Silvana suspiró aliviada. No todo estaba perdido.

—Me acercaría a la anciana y le diría: «¡Lograste despistar a la criatura peluda que te seguía, ¡aprovecha y escapa a la de ya!» —contesté.

Silvana quedó impresionada. Aunque, a juzgar por su cara, no para bien. Le había entrado tal sofoco que se abanicaba con el cuaderno.

—Será mejor que lo dejemos para otro día —dijo resignada.

Yuna se levantó de un salto y abrió la ventana.

—Qué raro, hoy no se oye el canto de las ranas —dijo moviendo ligeramente las orejas.

Las ranas vivían en el lago Cristal y, en aquella época, solían croar a todas horas. No es que estuvieran demasiado cerca, pero Yuna tenía un oído extraordinario y por las tardes se entretenía escuchando las conversaciones estrafalarias de los anfibios saltarines. Decía que eran muy graciosas.

—Estarán durmiendo la siesta —intervino Nico—. Las ranas también tienen derecho a descansar, ¿no?

Y no le dimos mayor importancia. Aún lo ignorábamos, pero en realidad ese repentino silencio sí que era extraño (y mucho).

2
LA GRAN VISITA

A la mañana siguiente fuimos a la escuela. ¡Lo confieso! Ésa es una de las cosas que menos me gusta de ser humana: madrugar, preparar la mochila, sentarme en una silla superdura, mantener el pico bien cerrado… Definitivamente no estoy hecha para eso. ¡Qué aburrimiento! Además, me da dolor de cabeza, y es que a menudo me pregunto si nuestra profesora en realidad es Mery Parrot, es decir, un Magic Animal medio mujer, medio cotorra. Lo digo porque tiene una forma de hablar un tanto peculiar, encadena una palabra tras otra a una velocidad pasmosa y casi sin respirar. ¡No sé cómo lo consigue! Por otro lado, tengo una gran facilidad para estar en las nubes justo cuando Mery da la lección. Me distraigo mucho, vaya.

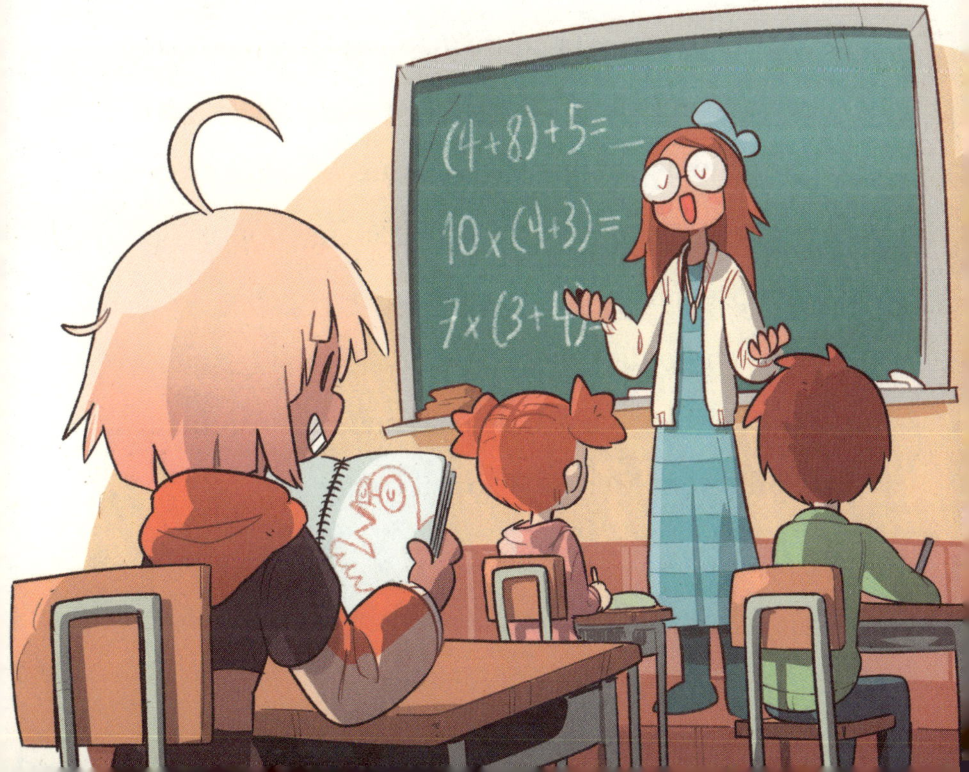
(4+8)+5=
10x(4+3)=

Supongo que tendrá algo que ver con mi origen pajaril. Pero quién sabe, parece que eso mismo les ocurre a otros niños.

Aunque lo peor de ir a clases es tener cerca a Hela, Hela Crow. Te aseguro que es como estar delante de un refrigerador con la puerta abierta o como volar a contracorriente en un torbellino. ¡No te imaginas qué escalofríos me produce! Ella también es un Magic Animal (en este caso no es una sospecha, está confirmado), pero eligió estar del lado del mago Otto. Hela es su espía, no nos quita ojo de encima. Y, por si fuera poco, parece que se ha propuesto hacernos la vida imposible. Siempre que puede nos perjudica. Aquella mañana no fue una excepción.

—Ejercicio cuatro de matemáticas —anunció la profesora Mery—. Cloe, al frente.

—¿Por qué yo? —gruñó Cloe—. Justo ése no me sale.

Se levantó a regañadientes.

—¡Ahhh! —gritó Cloe tocándose una oreja.

—¿Estás bien? —preguntó Mery.

—Sí, no es nada —contestó la niña contrariada.

Cloe tomó un gis y copió la operación. Pero yo la notaba intranquila, parecía tener un resorte en los pies y movía mucho las piernas. ¿Tal vez

tenía ganas de hacer pipí? De pronto, tiró el gis y se tapó las orejas como si un ruido atronador la estuviera atormentando. Y, sin embargo, no se oía nada. ¿Qué ocurría? Éric, Nico, Yuna y yo nos miramos desconcertados. La profesora y el resto de los alumnos tampoco entendían lo que estaba sucediendo. Entonces me fijé en Hela, con las manos cubría algo brillante que apoyaba en sus labios. ¿De qué misterioso objeto se trataba? Yuna me lanzó un papelito y me sacó de dudas.

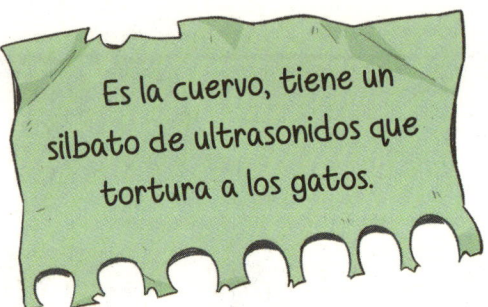

Es la cuervo, tiene un silbato de ultrasonidos que tortura a los gatos.

Me retorcí en el asiento. Tenía que detenerla, pero no hizo falta. De repente, un niño que se sentaba junto a la ventana pegó un grito de terror.

—¡Ahhh!

Por lo visto era el día de los gritos.

—¿Y ahora qué pasa? —preguntó la profesora Mery perdiendo la paciencia—. Esto parece un zoológico.

«Si tú supieras...», pensé.

—Ha-hay u-una rana gi-gigante —explicó el niño tartamudeando.

—¡Eso es imposible! —dijo Mery.

Corrimos a asomarnos por las ventanas con curiosidad. ¡Allí estaba! ¡Una rana del tamaño de un becerro rondaba por el patio! Nos abalanzamos hacia la puerta de salida para verla de cerca. Fuera, el descomunal anfibio brincaba descontrolado por la cancha de futbol. ¡Hasta

el suelo parecía temblar! Después saltó hacia el bosquecillo, donde rompió algunas ramas, y de allí hasta el parque infantil. Los alumnos comenzaron a gritar, algunos de miedo, otros de la impresión. Y la rana, asustada, trató de esconderse en una casita de madera con la mala

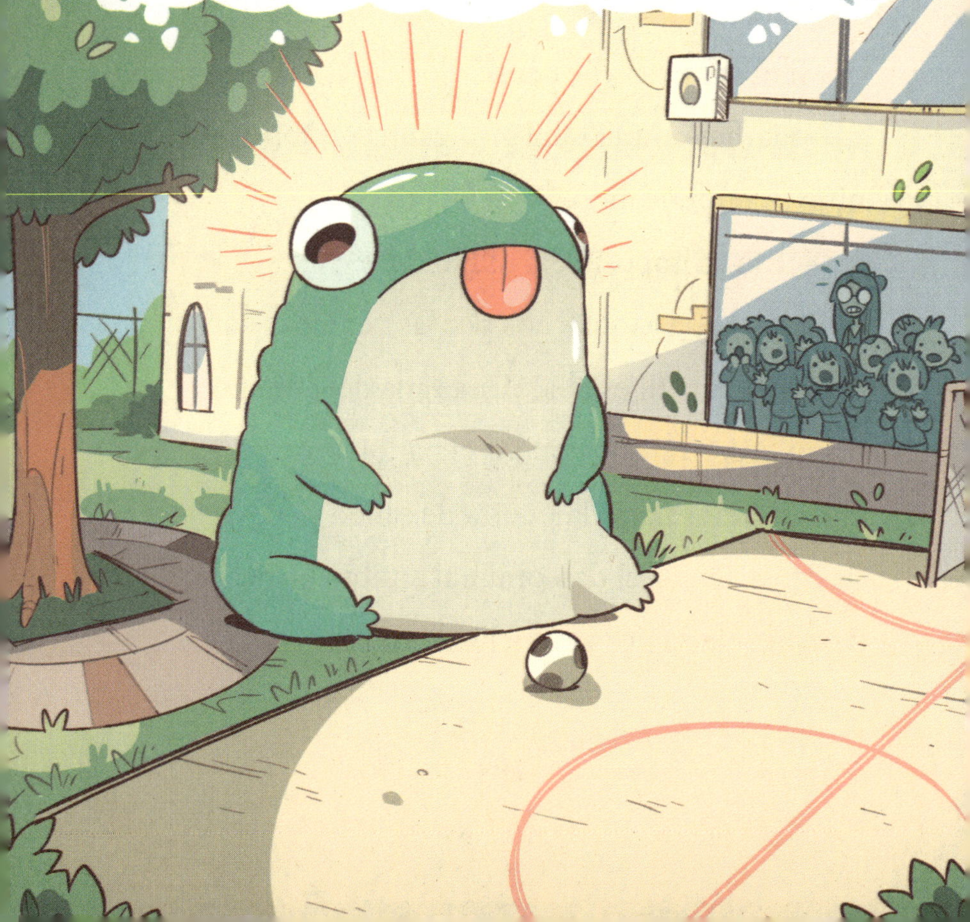

suerte de que se quedó atorada en la puerta. El animal croaba con desesperación.

«¡CROAAAC, CROAAAC!»

—¡Pobrecita! ¡Está atrapada! —se lamentó Nico.

—Tenemos que ayudarla. Pero ¿cómo? —dije preocupada.

—¡Todos a clase, rápido! —mandó la profesora Mery—. Una rana gigante es un peligro andante. Llamaré a los bomberos para que se encarguen de ella.

Tal vez tenía razón y era mejor dejar aquel asunto en manos de los bomberos. Lo que no sabía era que alguien ya había tenido una idea para rescatarla. Los alumnos fueron entrando en el edificio. Entonces me di cuenta de que Éric no se movía…

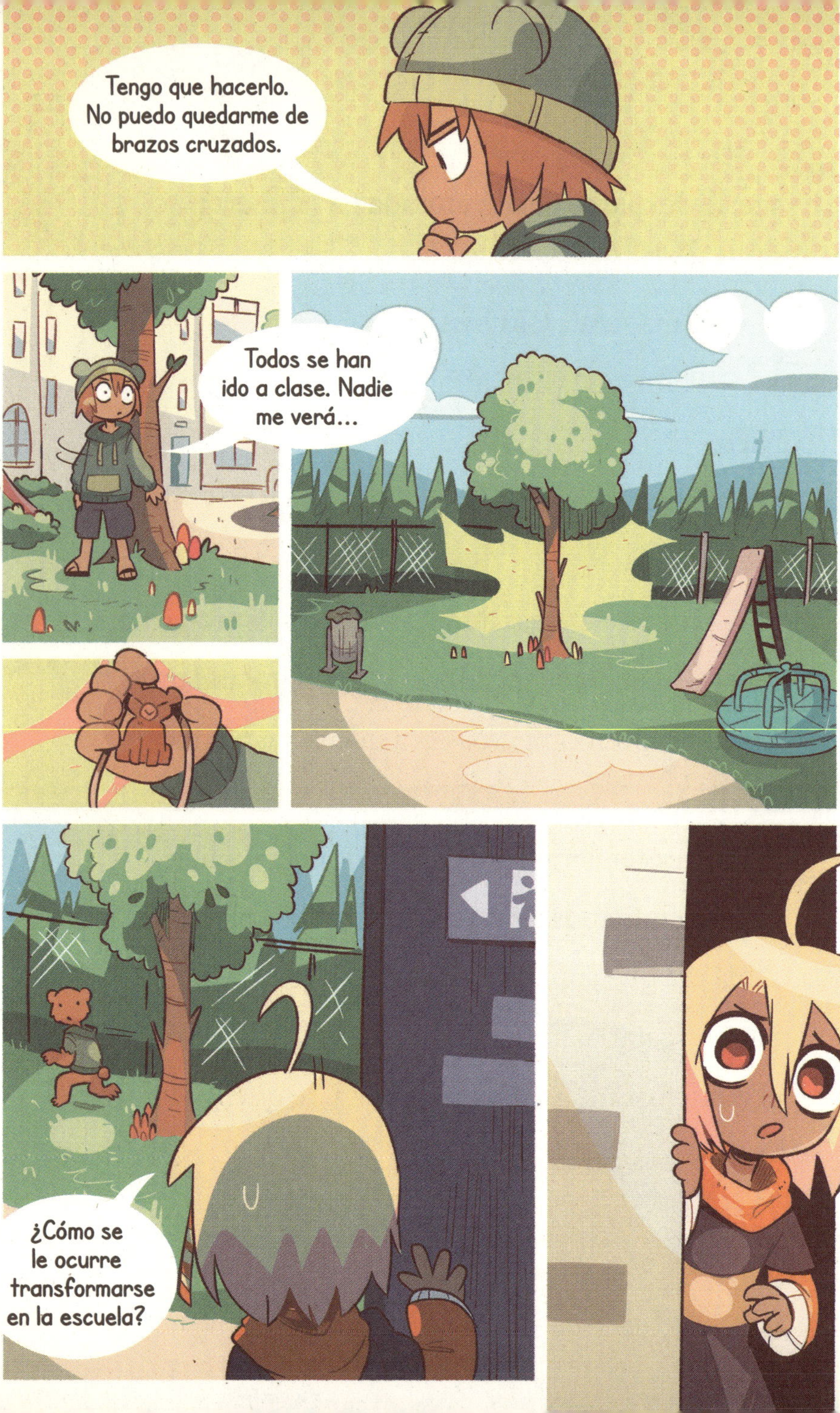
Tengo que hacerlo. No puedo quedarme de brazos cruzados.
Todos se han ido a clase. Nadie me verá...
¿Cómo se le ocurre transformarse en la escuela?

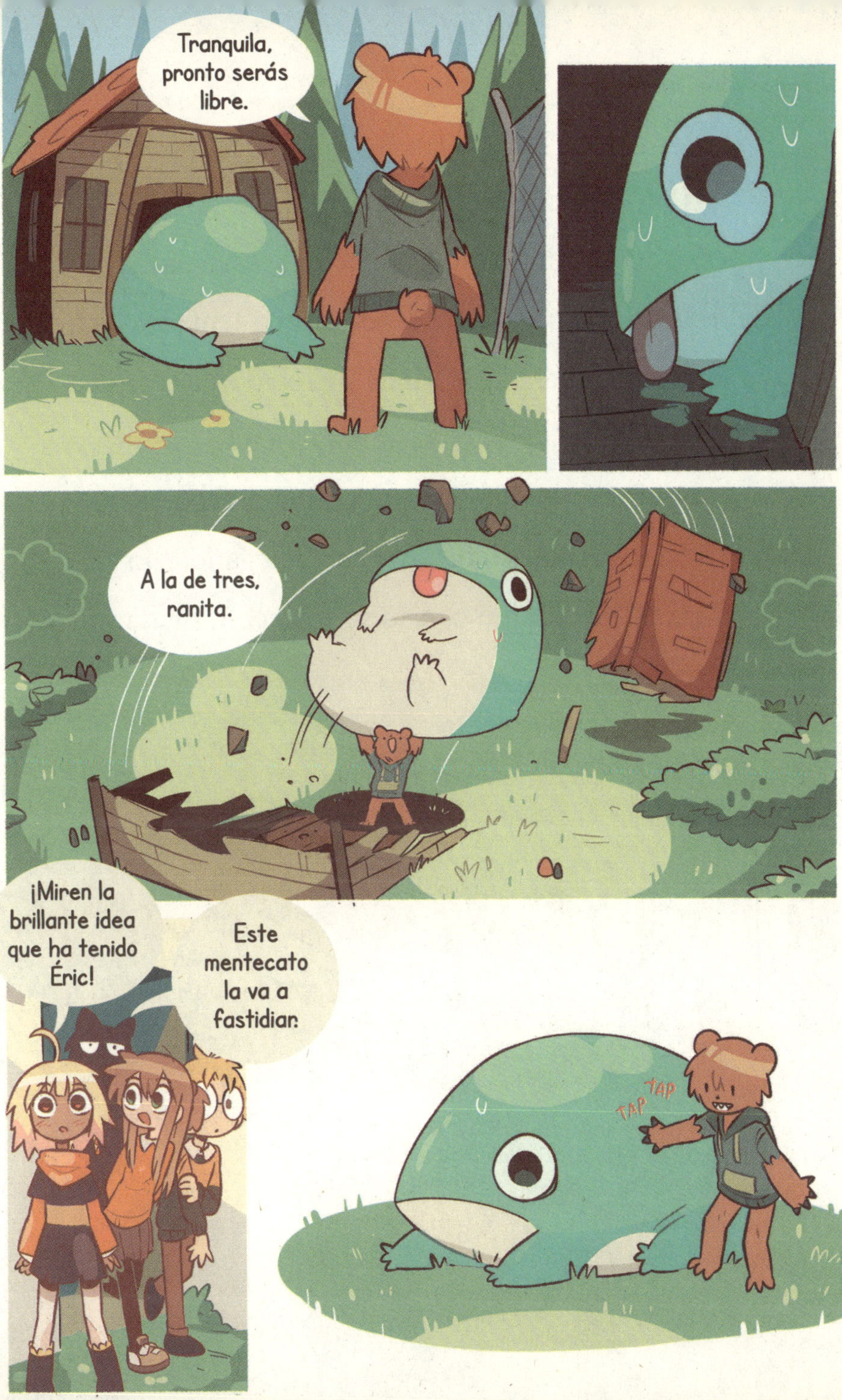

Tranquila, pronto serás libre.
A la de tres, ranita.
¡Miren la brillante idea que ha tenido Éric!
Este mentecato la va a fastidiar.
TAP TAP

¡No lo podíamos creer! Éric se había convertido en Magic Animal en la escuela. Nico se llevó las manos a la cabeza, Yuna tenía los ojos redondos cual mandarinas y Cloe ponía cara de gata rabiosa a punto de salir corriendo tras un ratón. Después del rescate, la rana desapareció entre los árboles igual que había llegado, y Éric Grizzly nos saludó con su sonrisa colmilluda.

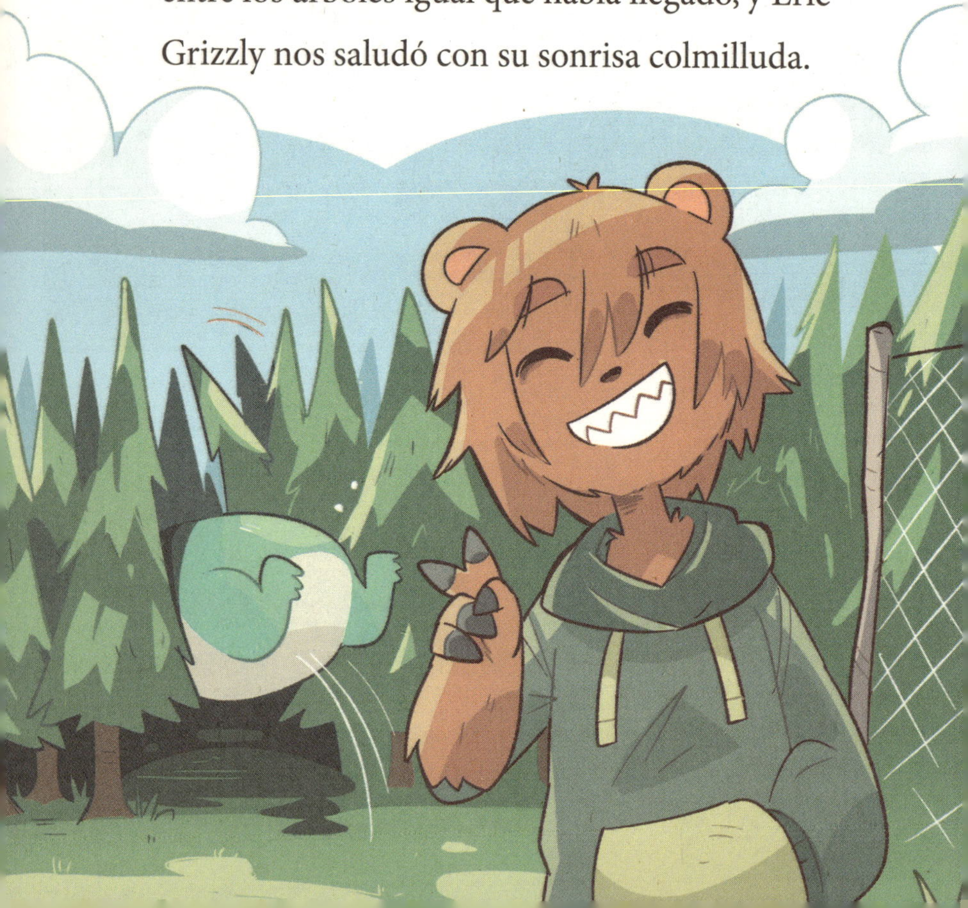

¿DÓNDE ESTÁN LAS RANAS?

—¿Cómo se te ocurre convertirte en Magic Animal en el patio de la escuela? —regañé a Éric cuando ya estábamos en casa.

—¡Tenía que rescatar a la rana! —se defendió.

—Pero si iban a venir los bomberos —le reprochó Cloe.

—Sí, pero iban a tardar y la rana la estaba pasando mal —añadió Éric.

—En eso tiene razón —intervino Nico.

—¿Ahora lo defiendes? —preguntó Yuna.

En ese momento Silvana entró en el salón, llevaba un ganso debajo del brazo.

—¿Por qué discuten? —preguntó.

—Este zoquete de Éric —dijo Cloe—, que se transformó en la escuela para salvar a una rana gigante.

—¿Una rana gigante? Vaya… —suspiró Silvana—. Deben tener más cuidado. No sabemos cómo reaccionarían los habitantes del valle si descubrieran a los Magic Animals.

—Lo siento —se disculpó Éric cabizbajo—. Sólo quería ayudar.

—Lo sé —repuso Silvana con cariño—. Pero tranquilo, no lo hiciste tan mal. Parece que nadie te vio.

Éric respiró, aliviado.

—¿Cómo podemos proteger el valle sin ser descubiertos? —pregunté.

—Tendrán que ser rápidos, sigilosos y muy astutos —contestó Silvana—. Se cubrirán los unos a los otros y lograrán salvaguardar su gran secreto. Y ahora vamos a ver qué sucede con las ranas del lago.

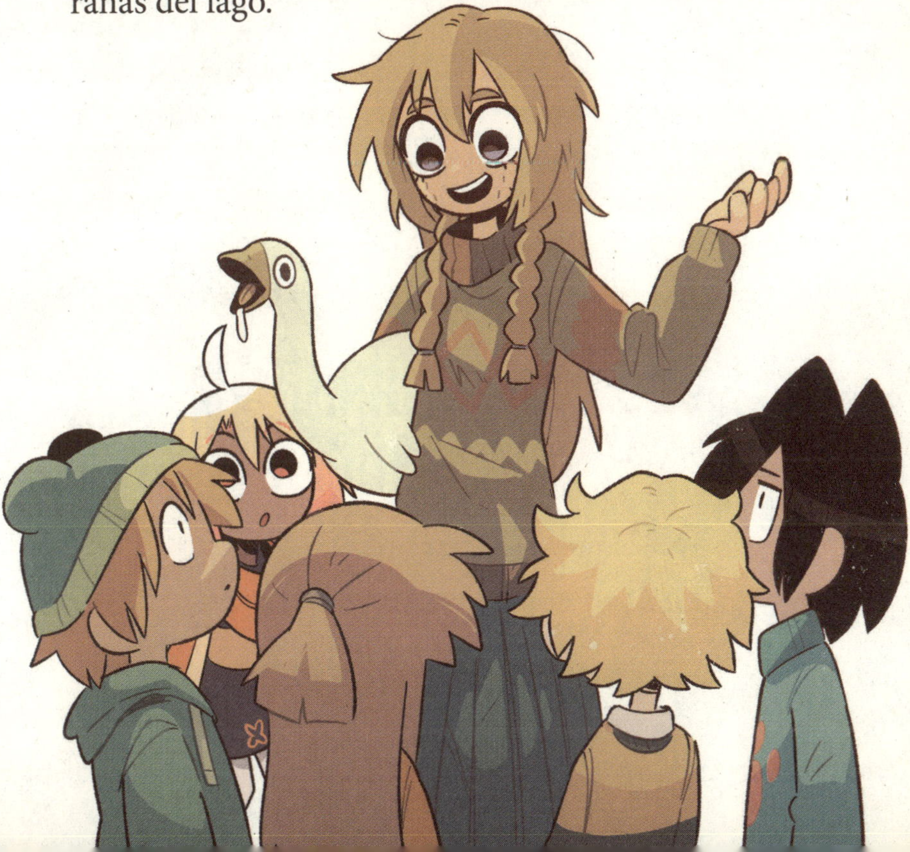

—Es verdad, hoy tampoco se les oye cantar —dijo Yuna asomándose por la ventana—. Además se suma el enigma de la rana gigante de la escuela.

Nos dirigimos al lago Cristal de inmediato.

—Qué silencio tan inquietante —dije desde la orilla.

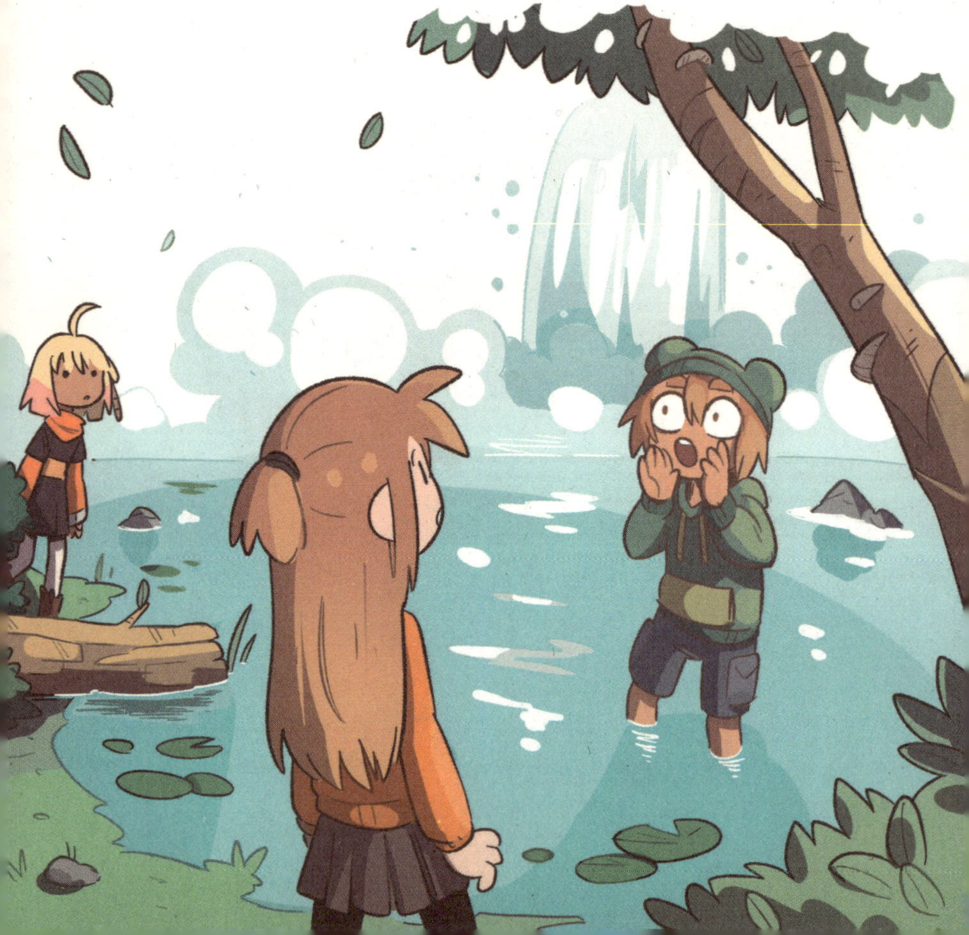

—¡Ranitaaas! —las llamó Éric—. ¿Están ahí?

Pero nadie contestó.

—Sólo hay una forma de averiguar si siguen en el lago —dijo Nico.

Entonces nuestro amigo tomó su amuleto entre los dedos y se hizo la magia. Su piel se volvió negra con manchas amarillas y le salió una cola larga y viscosa. ¡Se había convertido en Magic Animal!

—Ten cuidado —advirtió Silvana—. No sabemos lo que está pasando en estas aguas, puede ser peligroso.

—Lo tendré, no te preocupes —contestó Nico, y se zambulló.

Nico estuvo buceando en el lago durante casi una semana. De acuerdo, no fue tanto, tal vez algunas horas. Bueno, puede que fueran sólo

unos minutos. Pero a mí se me hicieron más largos que un día sin volar.

—¡Por fin! ¡Sí que tardaste! —exclamé.

—Es que hablé con un montón de peces.

—Quién agarrara a esos sabrosos pececitos… —dijo Cloe babeando.

—¡Cloe, siempre estás pensando en lo mismo! —me quejé.

—No, a veces también pienso en deliciosos pajaritos —dijo mirándome fijamente.

Me estremecí sólo de pensarlo. Al fin y al cabo ella era una gata y yo, un pájaro.

—¿Y qué averiguaste? —preguntó Yuna.

—Parece que las ranas llevan varios días sin cantar porque han desaparecido —explicó Nico—. No queda ni una sola rana, ni un sapo, ni tampoco un renacuajo con patas en el lago.

—Justo lo que me temía —susurró Silvana.

—Además, encontré esto en el fondo —dijo Nico mostrando una bolita roja brillante.

—Me contaron las truchas que la otra noche lanzaron cientos de bolitas como ésta en el lago —explicó Nico—. Y que a la mañana siguiente las ranas ya no estaban.

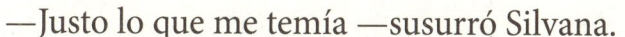

—La guardaré —dijo Silvana metiendo la bolita en un bolsillo—. Habrá que investigar si tiene alguna relación con la desaparición.

De pronto, se oyeron unos gritos.

—¡Auxilio! ¡Un monstruo!

—¡Alguien nos necesita! —exclamé.

Todos excepto Nico, que ya era un niño salamandra, apretamos los amuletos que colgaban de nuestros cuellos y dejamos que la magia nos recorriera el cuerpo. Sentí cómo me cubría de plumas y me salían alas y patas. Mi boca se hizo picuda y un poder indescriptible me envolvió. Yuna, Éric y Cloe también se habían convertido en Magic Animals, mitad niño, mitad animal. Nos despedimos de Silvana y acudimos a la llamada de auxilio.

Con su olfato de otro mundo, Yuna Wolf nos

guio hasta una casa de las afueras del pueblo. Una vez allí, nos escondimos a observar detrás de un árbol. Una señora gritaba aterrorizada mientras miraba hacia arriba. Casi se me caen las plumas en cuanto la vi: ¡una rana gigante croaba atrapada en el tejado! Y parecía todavía más asustada que la dueña de la casa.

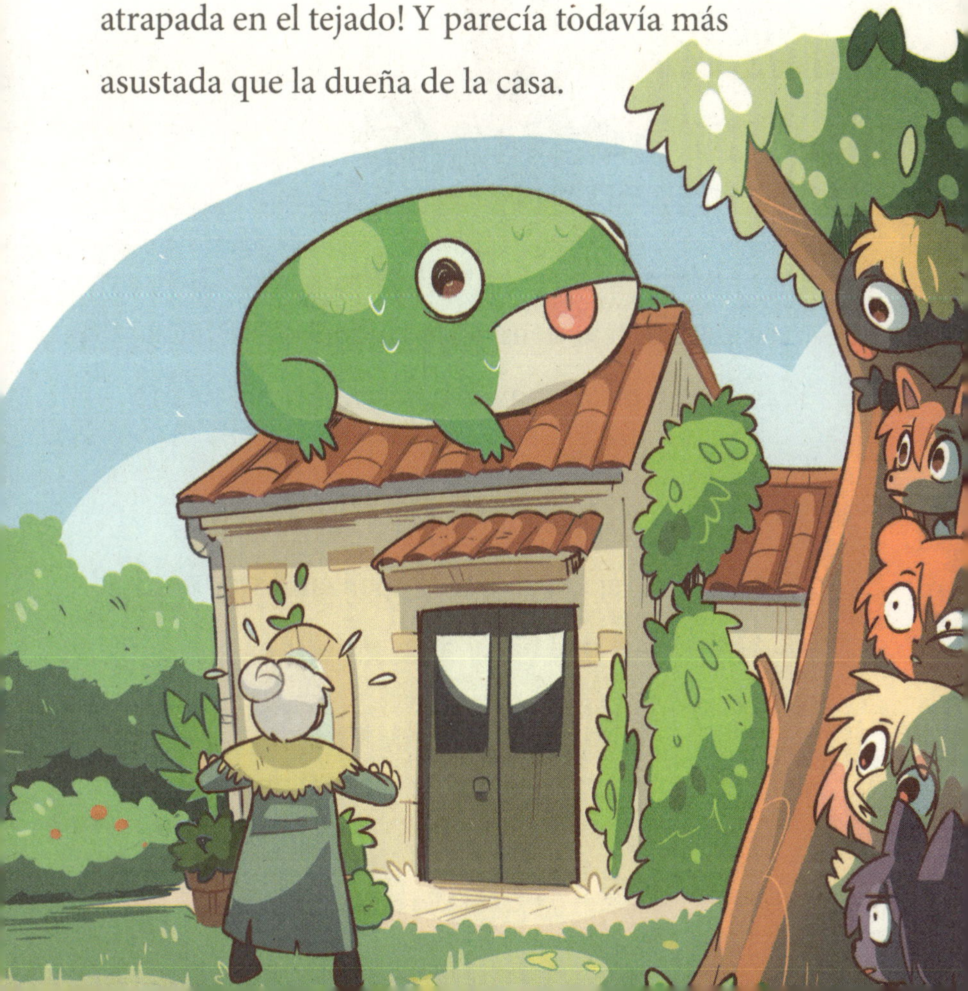

4
EN EL TEJADO

¡Vaya panorama! La rana croaba y croaba con desesperación al tiempo que la señora no hacía más que gritar: «¡Saquen a ese monstruo de mi casa!».

—¡Miren! —exclamó Nico—. La rana pesa tanto que el tejado se está comenzando a hundir.

—Tenemos que hacer algo. Pero ¿por qué no baja? —preguntó Éric.

—Ya sé lo que le pasa —intervino Yuna—. La rana tiene miedo, puedo olerlo.

Me fascinaba cómo Yuna podía detectar las emociones con su hocico.

—¡Uf! —suspiró Cloe—. Eso también les pasa a algunos gatos. Trepan a lo más alto de los árboles y después no se atreven a bajar, ¡si serán bobos!

—¿Creen que es la misma rana que vino a la escuela? —preguntó Yuna.

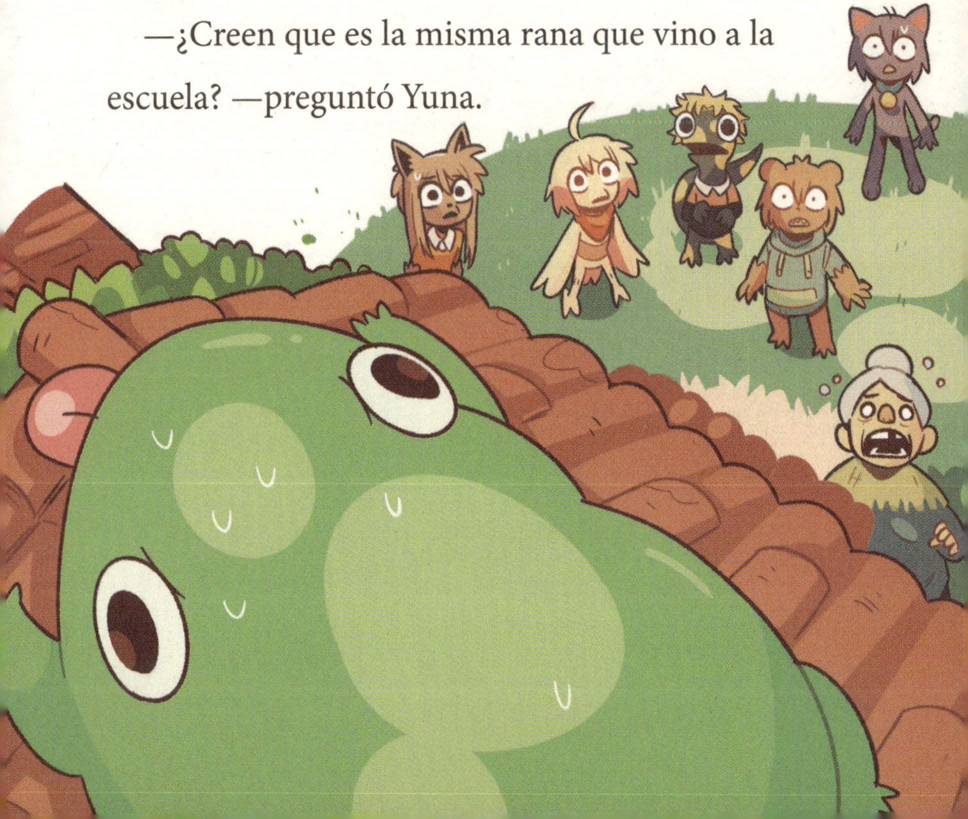

—¡Para nada! —exclamó Éric—. La que estaba en el patio era un poco más oscura.

—Pues qué raro —dije—. ¡Otra rana gigante!

—Luego pensaremos en ello —intervino Nico—. Ahora tenemos que resolver esto.

—Alguien tiene que distraer a la señora para que podamos bajar a la rana —dijo Yuna.

—A mí no me miren —advirtió Cloe—. Se me da muy mal conversar con las personas adultas.

¿Adultas, dice? Con esa cara de pocos amigos no conseguiría ni que un niño goloso se comiera un chocolate.

—Está bien —concedió Yuna—. Iré yo. Me convertiré en niña y me ofreceré a acompañarla para pedir ayuda.

Yuna se transformó en niña y se acercó a la señora que seguía fuera de quicio. Al principio vimos cómo, ante las explicaciones de nuestra amiga, la mujer negaba con la cabeza. Pero poco a poco comenzó a dudar y, finalmente, Yuna consiguió que la siguiera hasta la casa más cercana (que, por suerte, estaba bastante lejos). ¡Teníamos vía libre!

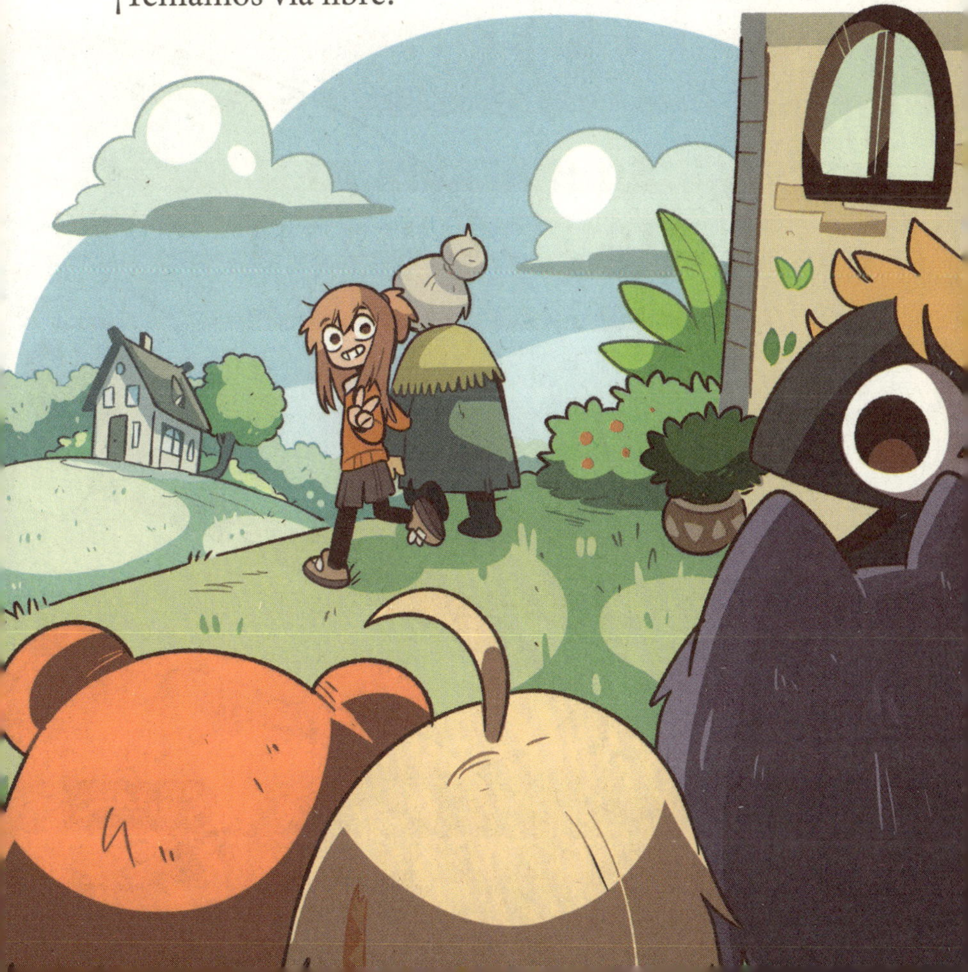

Entonces agité mis alas y, ligera como el viento, volé hasta el tejado. El anfibio descomunal se aferraba a las tejas con las ventosas de sus dedos para no resbalarse.

—¡Hola, rana! —la saludé—. Tienes que bajar antes de que se hunda el tejado.

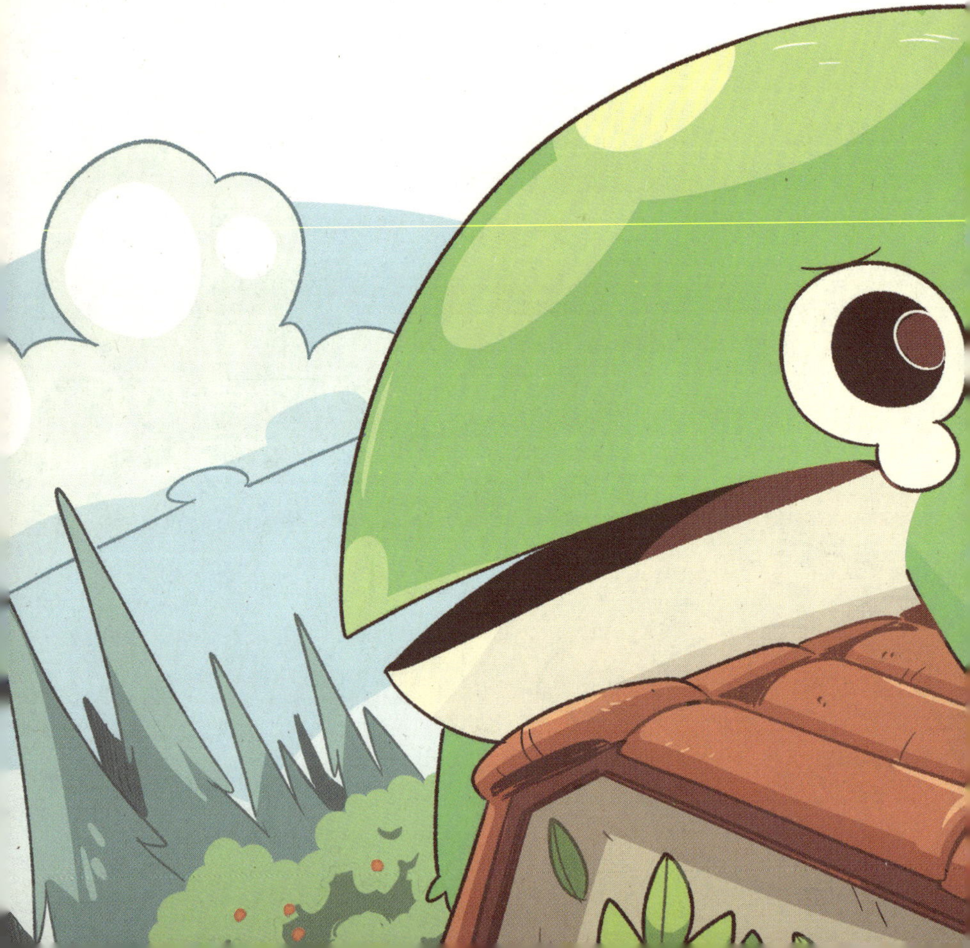

—He saltado hasta aquí buscando a mi hija, una renacuajo llamada Suri —repuso la rana temblando—. Pero nunca había estado en un lugar tan elevado, y ahora tengo mucho vértigo. Me dan miedo las alturas, me quedé paralizada.

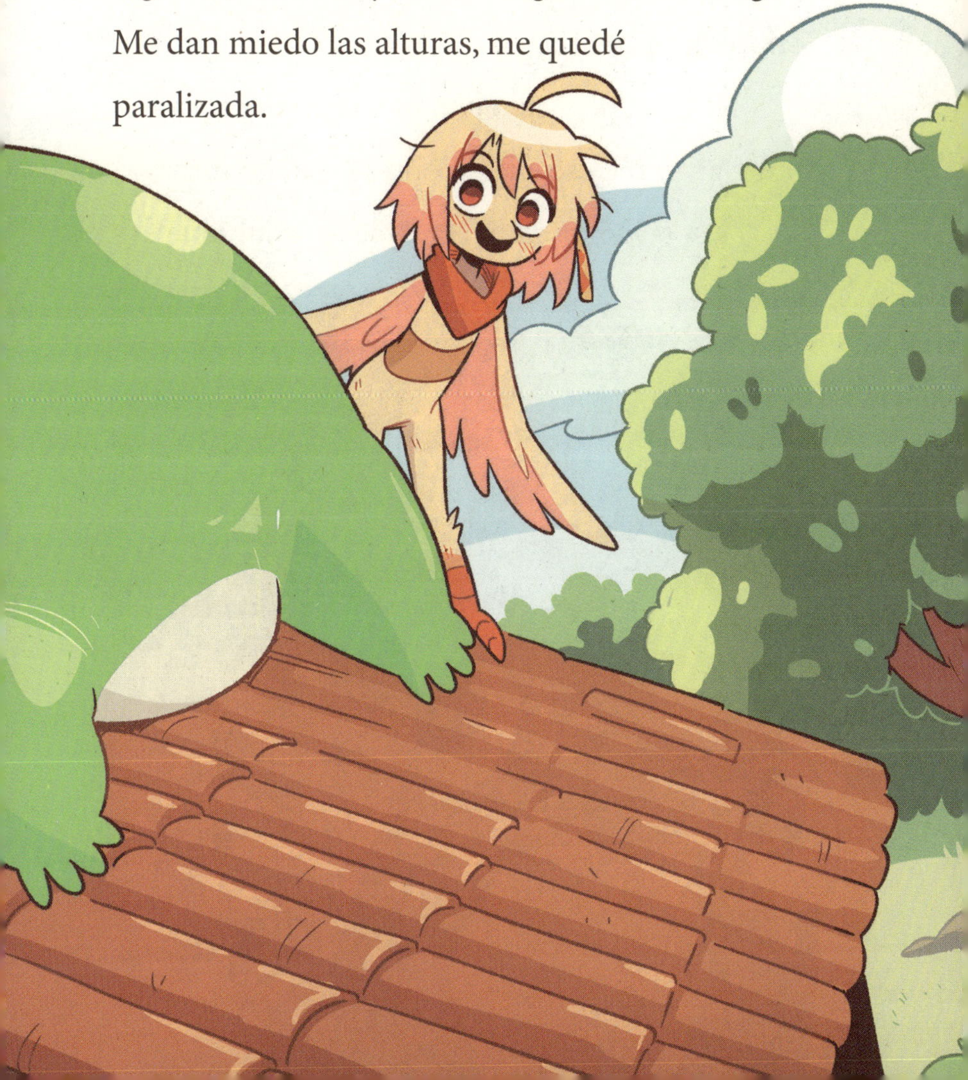

Justo lo que había dicho Yuna. El anfibio tenía pavor.

—Para una rana taaan grande como tú, bastaría con que dieras un saltito para bajar —traté de animarla.

—¡No puedo! —dijo con la voz temblorosa—. Si me lanzo me estrellaré contra el suelo duro.

—¿Y si en lugar de tierra y piedras hubiera agua?

—Entonces sí podría...

En ese momento sentí las tejas moverse bajo mis patas. El tejado no aguantaría mucho más. Tenía que pensar en algo y rápido. Emití un silbido de pájaro.

—¡Fiuu, Fiuuuu! ¡Eh, chicos! —grité desde el tejado—. Necesitamos un charco para que la rana salte.

—¿Cómo quieres que traigamos un charco hasta aquí? —se quejó Nico.

—¡Y encima del tamaño de esa ranaza! —añadió Cloe.

—Oye tú, sin ofender —croó el anfibio.

—Tal vez en el granero encontremos algo —intervino Éric.

—¡De acuerdo! —exclamé— ¡Pero dense prisa! ¡Esto se cae!

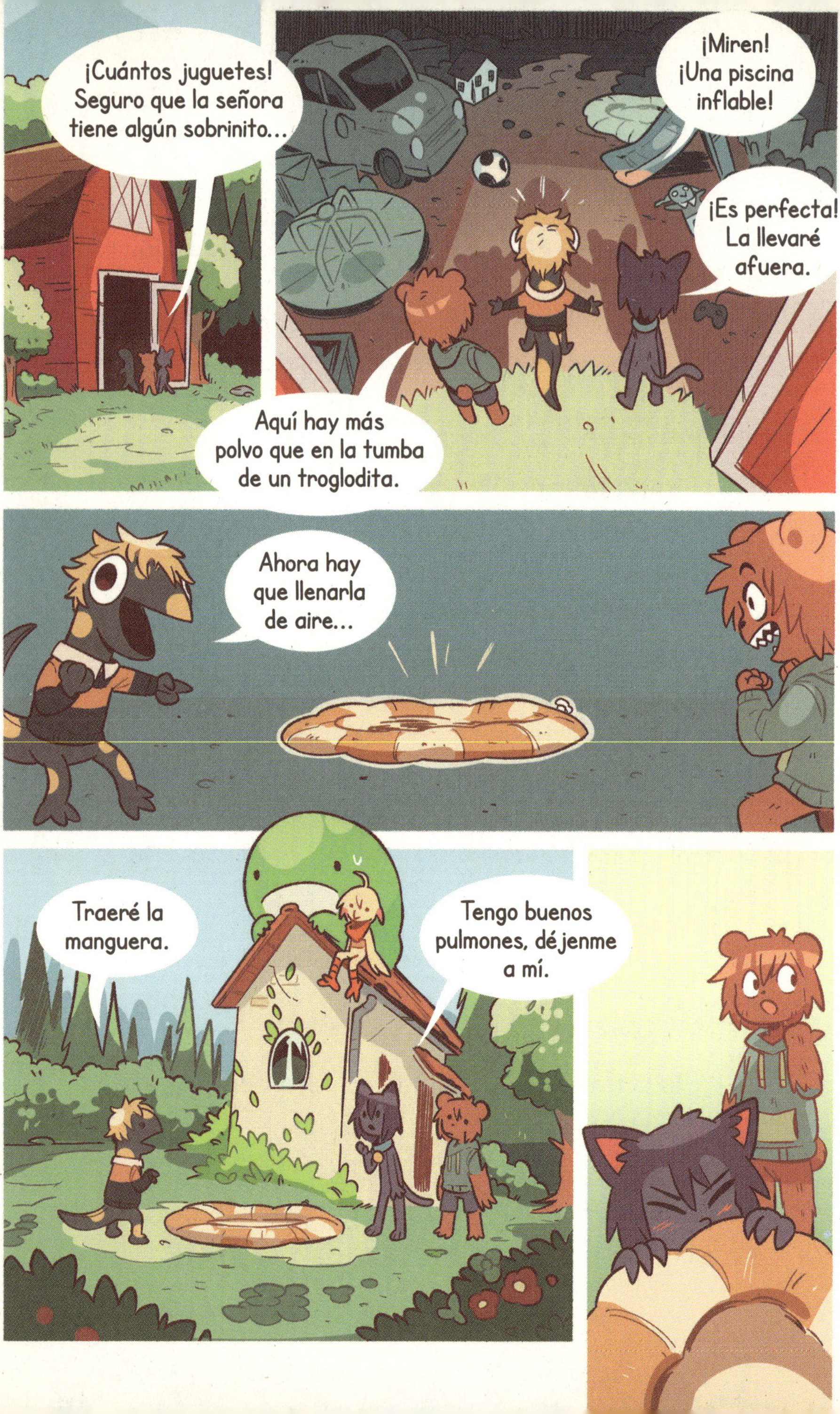
¡Cuántos juguetes! Seguro que la señora tiene algún sobrinito...
¡Miren! ¡Una piscina inflable!
¡Es perfecta! La llevaré afuera.
Aquí hay más polvo que en la tumba de un troglodita.
Ahora hay que llenarla de aire...
Traeré la manguera.
Tengo buenos pulmones, déjenme a mí.

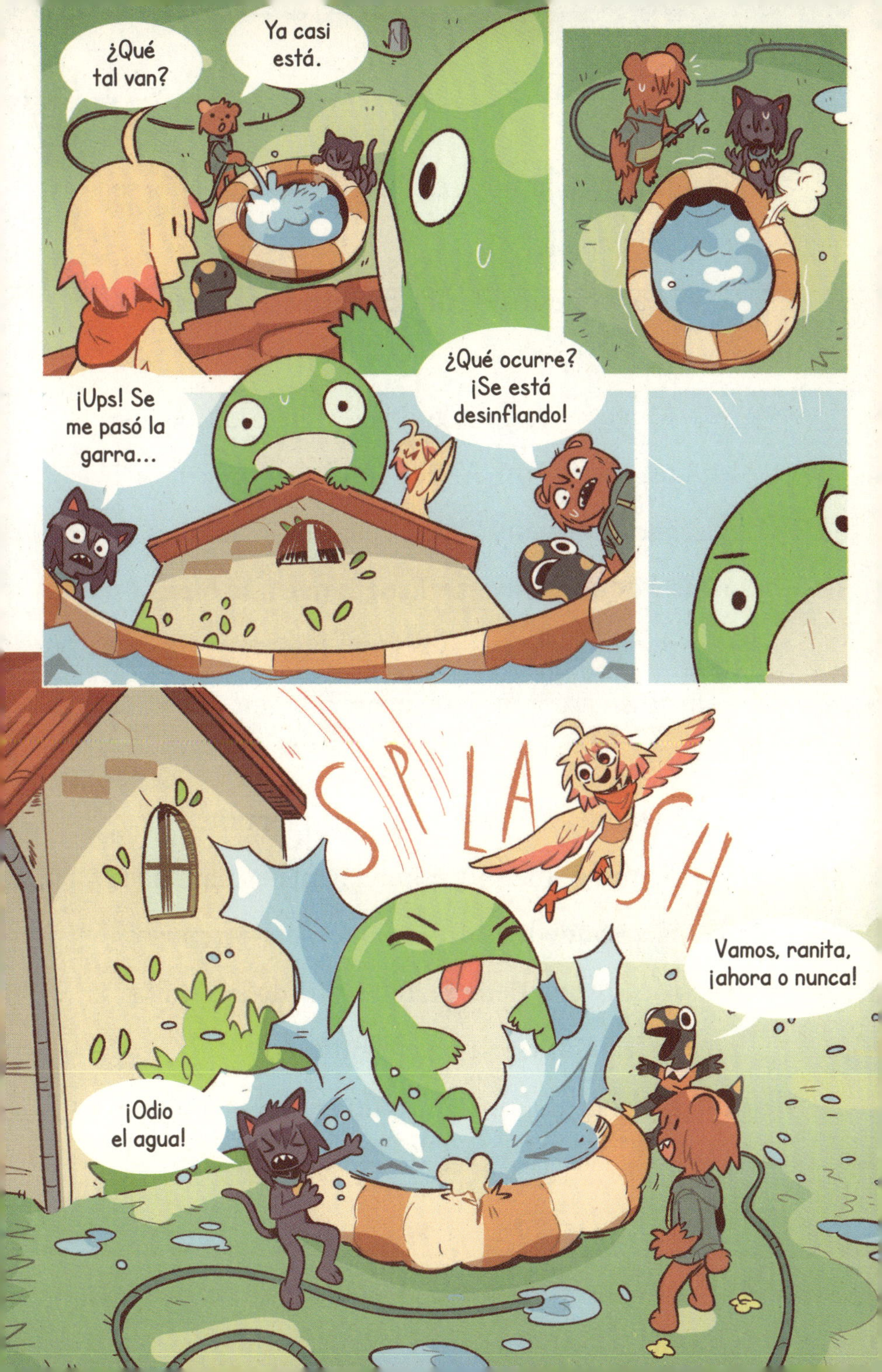
¿Qué tal van?
Ya casi está.
¡Ups! Se me pasó la garra...
¿Qué ocurre? ¡Se está desinflando!
SPLASH
Vamos, ranita, ¡ahora o nunca!
¡Odio el agua!

—Justo a tiempo —exclamó Nico, que adoraba estar empapado.

—¡Lo logramos! —dije mientras abrazaba a la rana.

—Muchas gracias a todos —dijo el anfibio—. Mi nombre es Tori. Ahora podré seguir buscando a mi hija Suri. Le acaban de salir las patas y es muy traviesa. Espero que esté bien.

—¡Seguro que sí! —exclamó Éric.

Justo en ese momento apareció Yuna con cara de satisfacción.

—¿Dónde está la señora? —le pregunté.

—Se tomó una infusión relajante en casa de la vecina y se quedó dormida en el sofá —repuso Yuna—. Silvana tiene razón: la tila de este valle podría tranquilizar a un elefante.

De repente, oímos un ruido ensordecedor que

tronaba como una manada de fieras peligrosas. Cloe y Yuna, que eran las más sensibles a los sonidos, se taparon las orejas.

—¿Qué fue eso? —pregunté mientras sentía cómo me temblaban las patas.

—¿No las reconocen? —preguntó Tori—. Son mis amigas, las ranas del lago Cristal, sólo que ya no están allí.

—¿Ese estruendo es el canto de las ranas? —preguntó Cloe, incrédula.

—Sí, bueno —repuso Tori—, es que ahora todas somos gigantes.

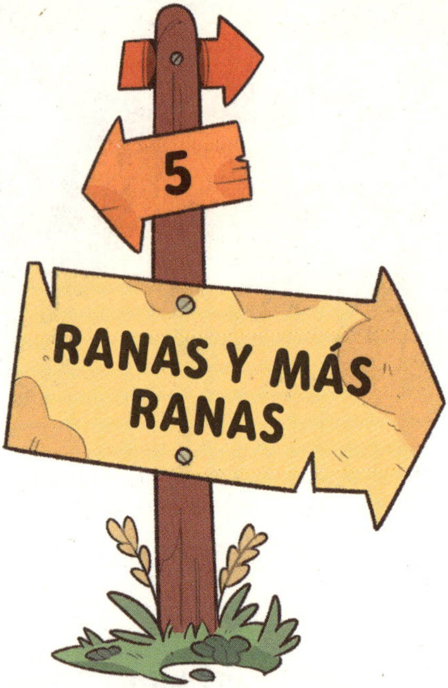
5
RANAS Y MÁS RANAS

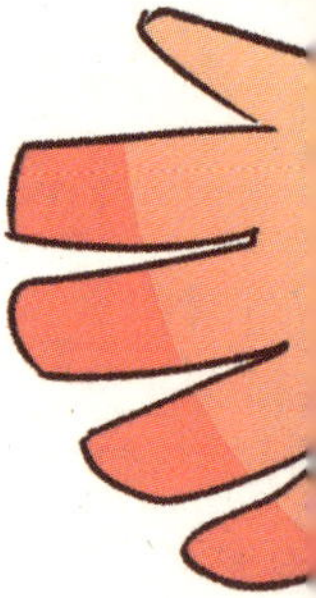

Levanté el vuelo para otear a vista de pájaro lo que estaba sucediendo en el pueblo. ¡Era tremendo! ¡Tori tenía razón! Las ranas y los renacuajos del lago Cristal ahora eran gigantes y habían invadido las calles causando un gran alboroto. Decenas de anfibios de tamaño descomunal saltaban y croaban sin control. Los vecinos estaban muy asustados.

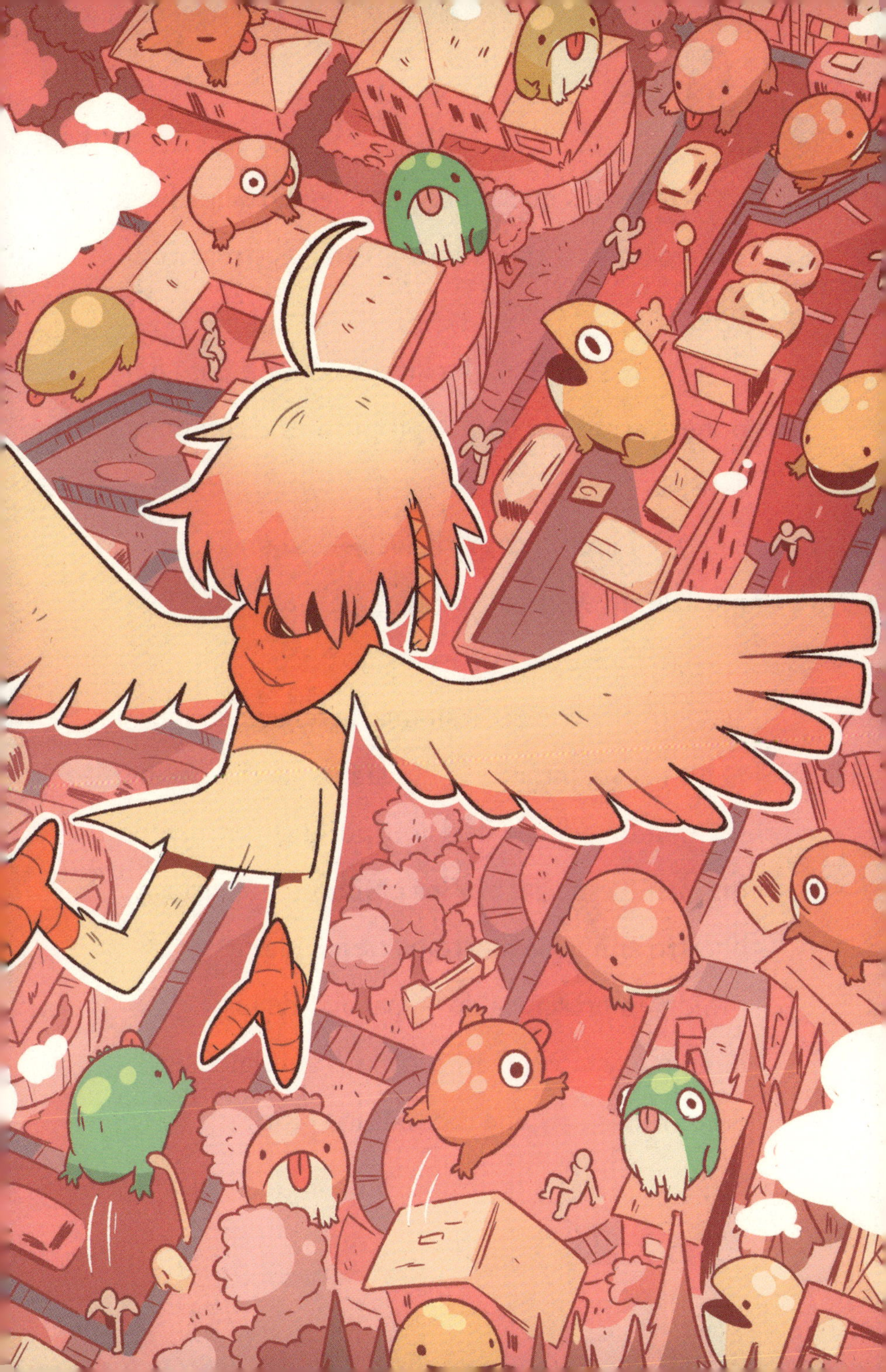

—Tenemos que conseguir que regresen al lago cuanto antes —dijo Yuna—. Van a destrozarlo todo.

—Magic Animals, ha llegado el momento de poner garras a la obra —propuso Éric con una sonrisa.

—¡Ya tengo las mías listas! —exclamó Cloe mostrando sus uñas puntiagudas.

—Yo me voy con Tori —dijo Nico—. La ayudaré a encontrar a su hija, la renacuajo Suri.

Nos despedimos y le deseamos suerte. No me sorprendió aquella decisión, porque Nico sentía un cariño especial por los anfibios. Era curioso, nuestro amigo se mostraba tremendamente tímido en presencia de la mayoría de los humanos y, sin embargo, con los animales se desenvolvía con una naturalidad pasmosa.

De repente, sonó la campana de la iglesia. Al principio parecía algo normal, pero pronto caímos en la cuenta de que aquello era muy extraño. Dieron la una, las dos, las diez, las doce… ¡y las treinta! Pero los «ding dong» no cesaban. Nos dirigimos a la plaza del Árbol en forma de niños, enseguida detectamos a aquella gran rana columpiándose en la campana de la iglesia, parecía estar pasándola genial.

Pero eso no era todo, aquel día había mercado. O, mejor dicho, ¡lo que había era un lío de tres pares de ranas! Eran siete las que botaban entre los puestos llevándose todo, lanzaban sus lenguas de varios metros de longitud y arrasaban con quesos, embutidos, sardinas y lo que se les pusiera por delante. Los vendedores habían abandonado sus puestos y se habían encerrado en sus casas, aterrorizados. En la plaza sólo quedaba el quesero, que intentaba ahuyentar a las ranas inútilmente. Primero lanzándoles espray antimoscas (¿cómo habría tenido semejante ocurrencia?), después echándoles cubetadas de agua (¿no se daba cuenta de que adoraban estar mojadas?). Nosotros lo observábamos todo escondidos detrás de unas grandes vasijas.

—Como las ranas le agarren el gusto a esos manjares, estamos fritos —dijo Éric.

—Pues ya verán cuando prueben los panquecitos de canela… —señaló Yuna.

—¡Se te van a caer los colmillos de tanto pensar en dulces! —la riñó Cloe.

—Tenemos que conseguir que regresen al lago y, una vez allí, encontrar la fórmula para que recuperen su tamaño normal —dijo Yuna.

—Un momento… —sonreí—. Se me acaba de ocurrir una idea. Pero antes necesito que el quesero se vaya para que no nos vea en acción.

—¿Cómo lo conseguiremos? —preguntó Éric—. Parece muy decidido a defenderse de las ranas.

—Acabo de descubrir el punto débil del quesero —apuntó Yuna—. ¡Miren la foto que hay detrás del mostrador!

En efecto, apoyado sobre una enorme pieza de parmesano había un marco con una fotografía del quesero junto a su única familia: tres lindos gatitos de pelo largo. Todos miramos a Cloe de inmediato.

—¡Ni hablar! ¿No estarán pensando que yo…? —dijo Cloe temiéndose lo peor.

Pero no le quedó más remedio que ceñirse al

plan. Éric, Yuna y yo nos convertimos en Magic Animals y Cloe en gata. La minina subió hasta la parte más alta del árbol del centro de la plaza y comenzó a maullar como si no hubiera un mañana.

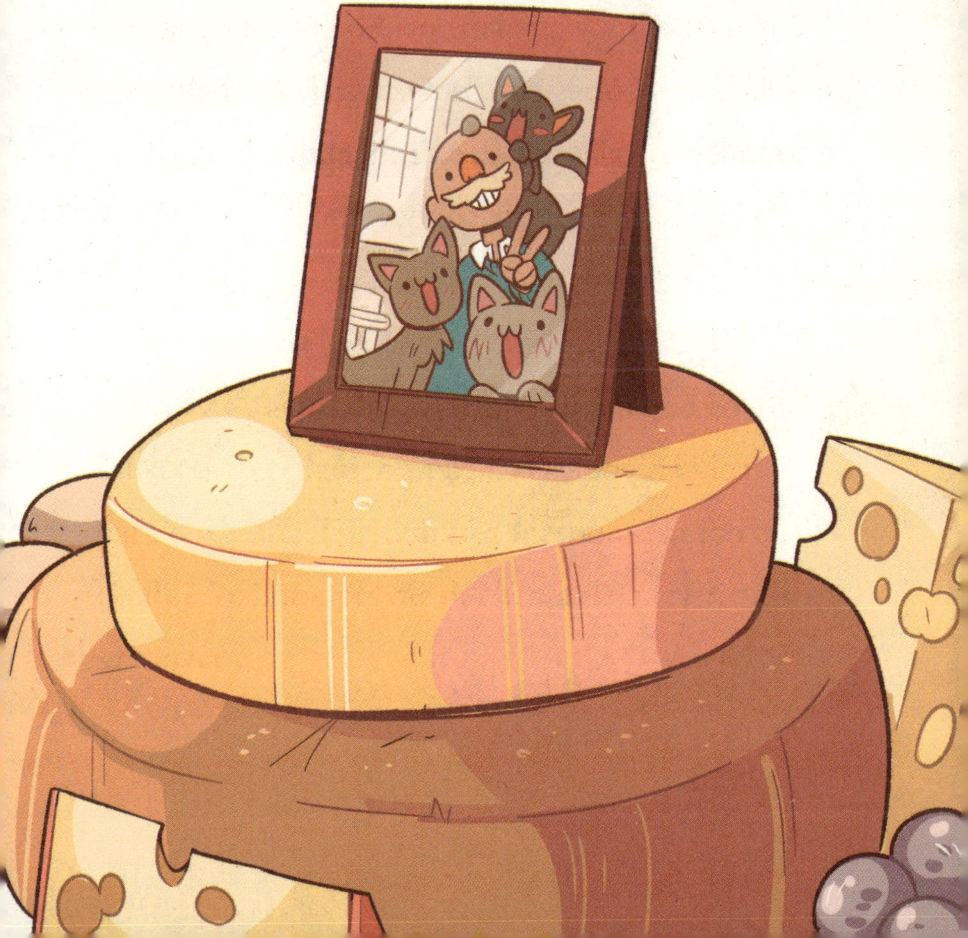

—¡Miaaauuu! ¡Miaaauuu!

—¡Oh, vaya! —exclamó el quesero al ver al minino—. ¿Te quedaste atrapado en las ramas? No te preocupes, tengo una escalera. ¡Yo te ayudaré!

Aprovechando que el quesero subía hasta la copa del árbol y quedaba oculto por las ramas, volé hasta el puesto de la pastelería. Allí había grandes costales repletos de magníficos bollos, cruasanes, pastelitos y panquecitos.

Atrapé con las garras uno de los costales y lo llevé a un extremo de la plaza, allí donde comenzaba la calle que conectaba con el bosque. Yuna lo abrió de un bocado y tomó un buen montón de panes. La niña loba, tan veloz que apenas se veían sus patas, los colocó estratégicamente y en tiempo récord trazando un caminito que llevaba hasta el lago. Mientras tanto, agarré con mi pico y mis zarpas siete cruasanes y emprendí el vuelo. Era la

encargada de que cayeran en la boca abierta de las ranas.

—¡Miren, ranitas! ¡Los mejores *croacsanes* de la historia!

Cuando los anfibios, incluido el de la campana, probaron aquella delicia, se olvidaron por completo del menú salado (y de los «ding dong»). Y comenzaron a buscar, cual canes rastreadores, más raciones de aquel dulce tan exquisito.

—Es por aquí, ranitas —indicó Yuna.

Y, como si fueran caballos, nos montamos sobre sus lomos y cabalgamos las ranas mostrándoles el sendero de los panquecitos. Estaban tan fascinadas por aquel sabor, que no tardaron en irse de la plaza.

¡Mi plan había funcionado! Me inflé tanto

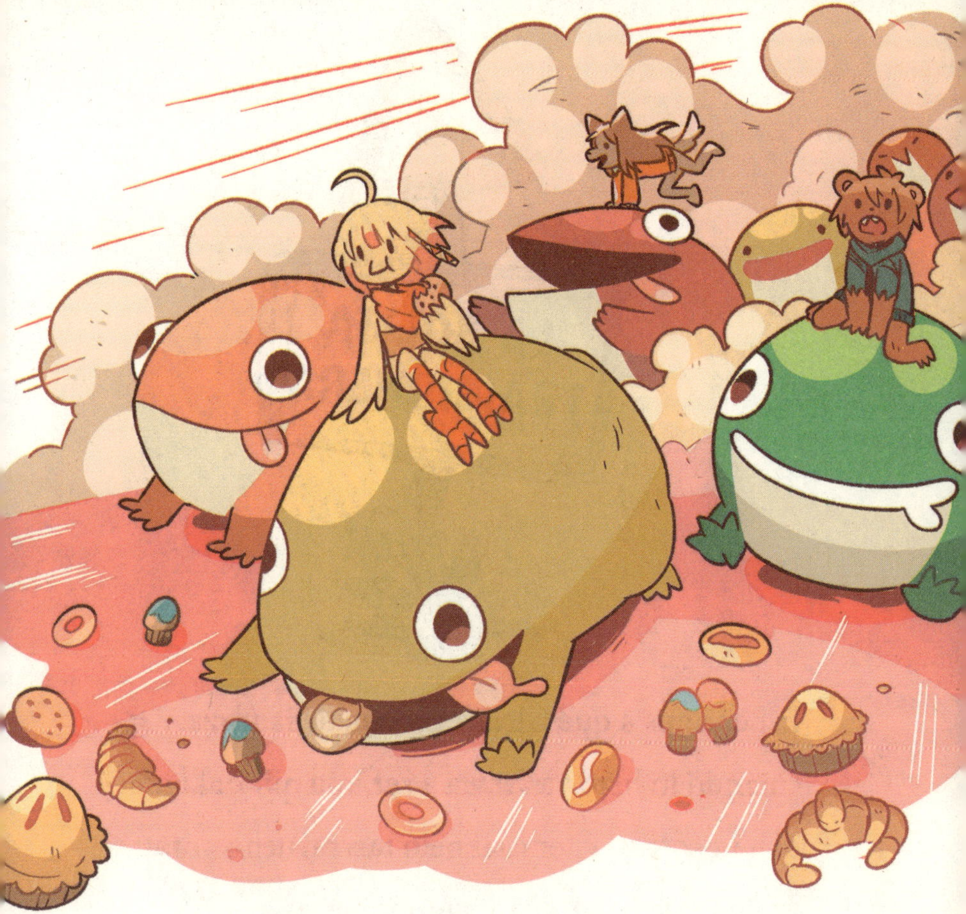

que casi podía volar sin hacer uso de las alas (y mis amigos también, lo vi por el rabillo del ojo). Aquella fue la primera vez que me sentí como una auténtica heroína.

LA BOLITA TRAICIONERA

Esperamos a que Cloe regresara de la plaza. Cuando lo hizo ya volvía a ser una niña, al igual que nosotros, y tenía el pelo tan revuelto como si acabara de bajar de una montaña rusa.

—¡Sí que tardaste! —dije.

—Ese quesero es un pesado —se quejó Cloe—. Cuando por fin me dejé atrapar, me sentó en su regazo y se puso a rascarme la cabeza. Pensé que

no me soltaría nunca. ¡Es la última vez que me hago pasar por una gata doméstica!

—Propongo regresar a casa —dijo Éric—. Tenemos que encontrar la manera de que las ranas recuperen su tamaño habitual.

—De acuerdo —dijo Yuna—. Seguro que a Silvana se le ocurre algo. Yo me voy a rastrear por el bosque, es probable que las ranas hayan invadido también otras zonas del valle de Blim.

Cuando Éric, Cloe y yo llegamos al jardín, nos encontramos con una sorpresa enorme.

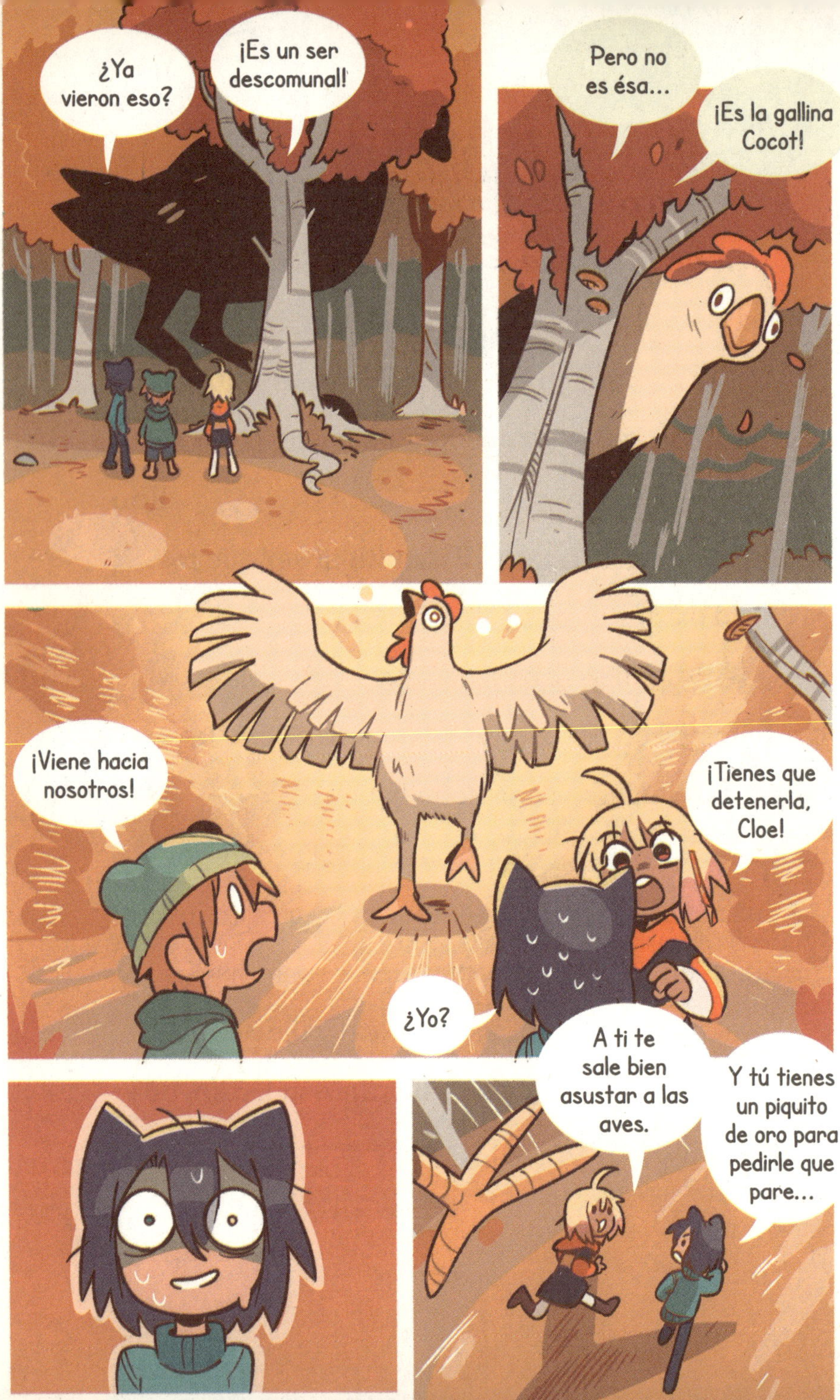
¿Ya vieron eso?
¡Es un ser descomunal!
Pero no es ésa...
¡Es la gallina Cocot!
¡Viene hacia nosotros!
¡Tienes que detenerla, Cloe!
¿Yo?
A ti te sale bien asustar a las aves.
Y tú tienes un piquito de oro para pedirle que pare...

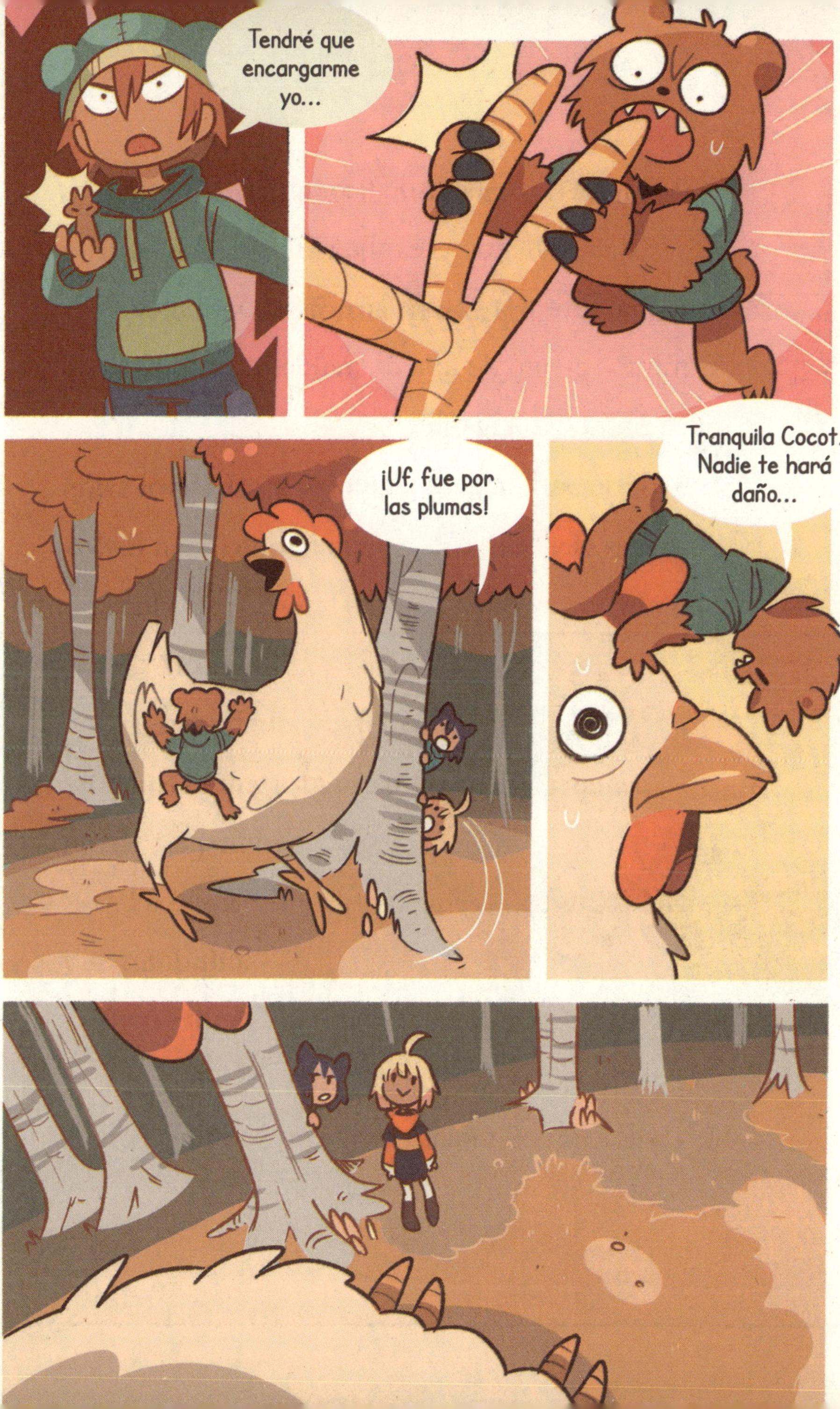
Tendré que encargarme yo...
¡Uf, fue por las plumas!
Tranquila Cocot. Nadie te hará daño...

—¿Cómo sucedió eso? —preguntó Éric.

—Cuando llegué —explicó Silvana—, se me cayó la bolita y la gallina se la comió. En pocos segundos creció de una forma desmedida. Hasta puso un huevo gigante.

—¡Qué barbaridad! ¡Apenas caben en el jardín! —exclamé.

—Sí, y casi nos aplasta como a granos de maíz hervidos —se quejó Cloe.

—Tranquilas, yo me encargo de encontrarles un nuevo hogar tanto al huevo como a la gallina —dijo Éric.

—No se trata de eso —lo corregí.

A veces Éric era un poco torpe e interpretaba las cosas a su manera. Eso sí, tenía el corazón más grande que una sandía.

—Por suerte, se le cayó un pedacito de bolita del pico y la he analizado —siguió Silvana—. Descubrí que uno de sus ingredientes es esencia de planta titánica. Un vegetal que tiene la propiedad de producir gigantitis.

—¿Y de dónde habrán salido esas bolitas? —preguntó Cloe.

—Ni idea —repuso Silvana—. Pero claramente

son la causa del crecimiento de las ranas. Los peces le aseguraron a Nico que la noche anterior decenas de ellas cayeron al lago. Necesito hallar una fórmula para deshacer su efecto.

Entramos en casa y nos dirigimos a la gran biblioteca que Silvana atesoraba en el polvoriento

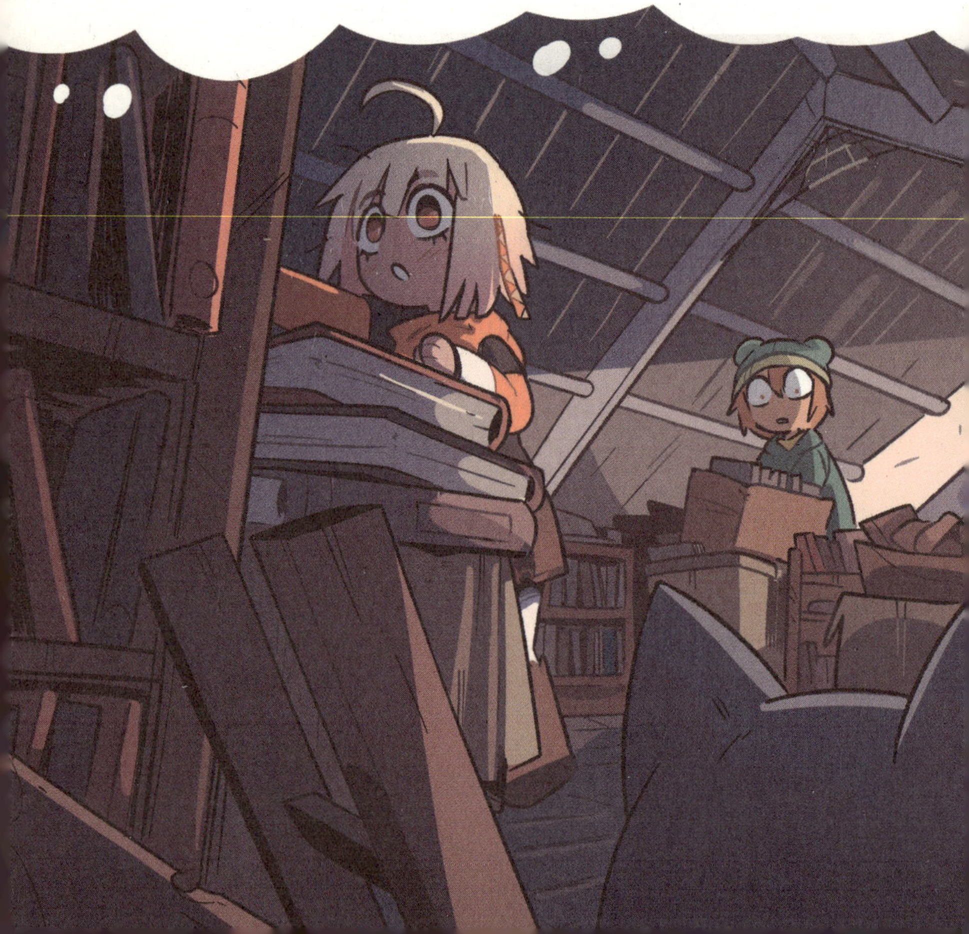

desván. Nuestro objetivo era encontrar algún libro que nos ayudara a dar con un antídoto que eliminara los efectos de la bolita roja. Pero había tantos que era como buscar una aguja en un pajar. Tras varias horas, aún no habíamos encontrado nada útil.

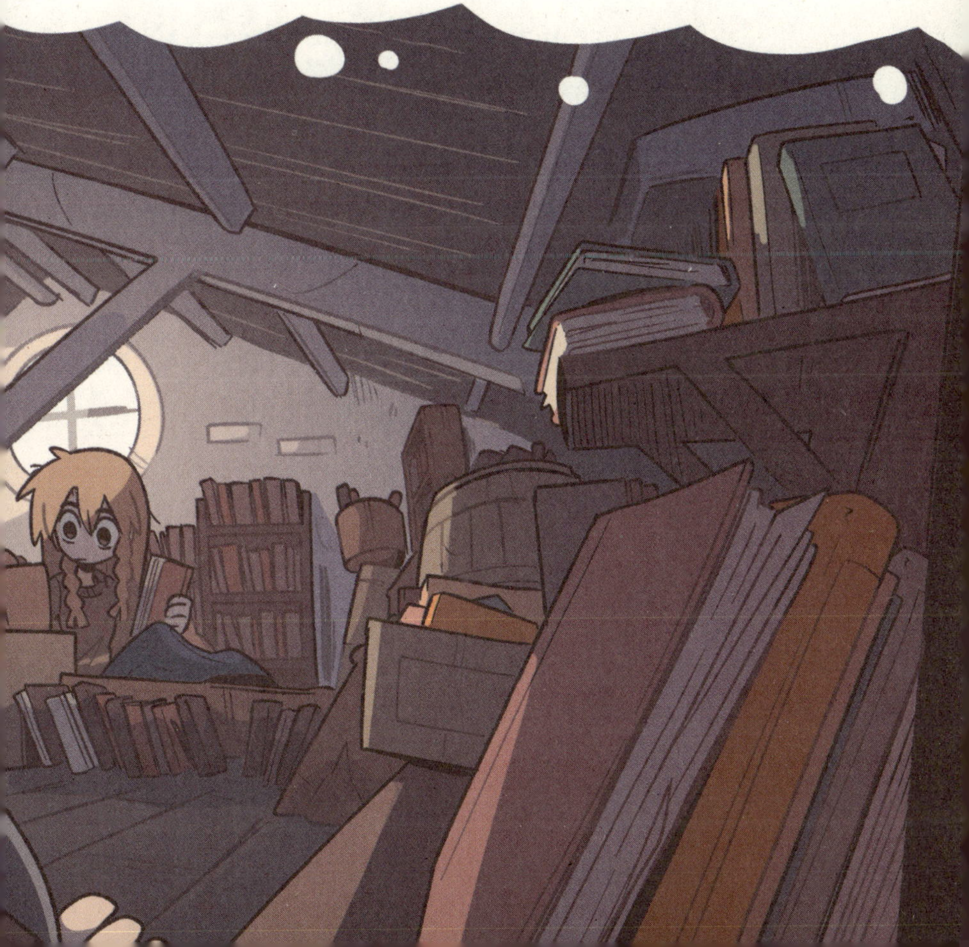

—¡Miren! —exclamó Éric—. Una enciclopedia sobre las hormigas.

—No veo la relación… —dije.

—Las hormigas son diminutas —explicó Éric—. Tal vez tengan un truco para empequeñecer.

—¡Qué ocurrencias! —intervino Cloe—. ¿No será que en realidad eres un oso hormiguero y de ahí tu fijación por esos bichitos?

Éric no contestó, pero susurró un gruñido mostrándose molesto.

—¡Encontré algo! —exclamé—. *El gran libro de los hechizos*, tal vez una bruja pueda ayudarnos.

—En este valle no habita ninguna bruja —explicó Silvana—. Solamente hay un mago, y no creo que nos ayude…

—¿Ya comienzas a desvariar, pajarito? —dijo Cloe.

—Debería encontrar el viejo herbario de mi abuela —susurró Silvana—. ¿Dónde estará?

—¿Te refieres a hierbajos? —preguntó Cloe—. En cuanto llegué vi un libro con una planta dibujada en la portada, pero no me pareció útil.

—¡Eso es justamente lo que necesitamos! —exclamó Silvana—. ¿Recuerdas dónde está?

—Supongo que debajo de esa pila de libros —dijo Cloe señalando una gran montaña de papel.

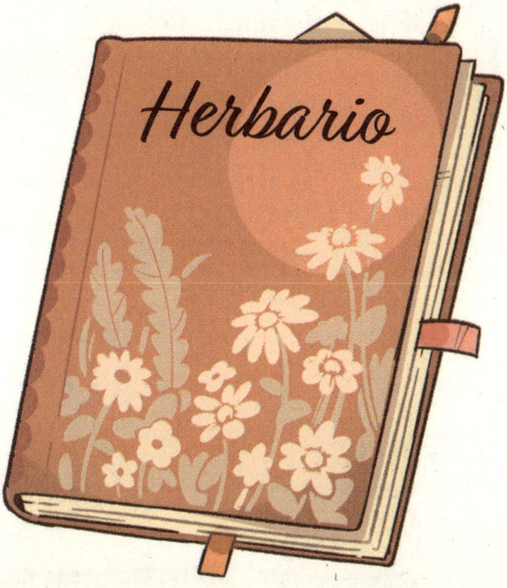
Herbario

Cuando por fin encontramos el herbario, estábamos tan cansados y polvorientos que parecía que nos había pasado un diplodocus por encima.

—¡Aquí está! ¡La planta titánica! —señaló Silvana.

Planta trepadora de hojas romboides y color rojizo que escalan superficies verticales como árboles o muros rocosos.

Sus flores, casi siempre rojas, tienen la propiedad de agrandar, estirar y ensanchar, y pueden producir gigantitis si se ingieren en dosis muy concentradas.

Contrarresta sus efectos: la planta pigmeo

—¡Ésta es la solución! ¡Iré al bosque de secuoyas y buscaré la planta pigmeo! —añadió Silvana—. El problema es que crece de forma escasa en lugares escondidos y además es muy chiquitita…

De pronto, llegó un retumbo que provenía de la plaza. Esta vez no era el croar de las ranas.

—¿Qué diablos es ese ruido? —se quejó Cloe tapándose los oídos.

—Son cacerolas —explicó Silvana—. Hacía muchos años que no las oía. Se está convocando una reunión urgente de vecinos en la plaza. ¡Vamos!

7
REUNIÓN EN LA PLAZA

Los que hacían sonar las cacerolas golpeándolas con un cucharón eran dos granjeros, uno rubio y otro pelirrojo.

—¡Esta situación es insostenible! —exclamó el rubio—. Debemos encontrar una solución para librarnos de las ranas de una vez por todas.

—Estoy de acuerdo —alzó la voz un vecino—. Antes, cuando fui a tomar la siesta, me encontré

a un renacuajo durmiendo en mi cama. ¡La almohada estaba llena de babas! Casi me desmayo.

—Pues una rana se ha colado en la cámara de refrigeración de la tienda —explicó el carnicero entre lamentos—. Se ha comido varios solomillos, los mejores filetes, pechugas de pollo… ¡Ya casi se agotaron las reservas!

Y así, muchos vecinos fueron contando sus penosas experiencias con las ranas.

—Esto es un verdadero desastre —dijo el granjero pelirrojo—. Pero de poco sirve lamentarse. Pensemos en cómo atajar este problema.

Entre los unos y los otros, fueron surgiendo varias ideas. Tras una hora larga de debate, los granjeros propusieron un listado con las opciones que creyeron más interesantes.

IDEAS PARA DESHACERSE DE LAS RANAS GIGANTES

✓ Guiarlas hasta el otro lado de las montañas, lejos de Blim. (¿Algún voluntario para imitar al flautista de Hamelín?)

✓ Capturarlas y encerrarlas en jaulas.
(¿En serio? ¡Qué crueldad!)

✓ Volver a llevarlas al lago Cristal y rodearlo de vallas altas para que no puedan salir.
(Poco ecológico, destrozaría el paisaje.)

✓ Domarlas y que ayuden en los quehaceres del pueblo: como medio de transporte, para jalar carros pesados, para erradicar las plagas de moscas...
(¡Que levante la mano quien tenga conocimientos en doma de ranas y renacuajos gigantes!)

No sé qué opinarás tú, ¡pero a mí me parecieron todas descabelladas! Pobres ranas, sentí mucha rabia e indignación. Pero por ahora era mejor seguir con el pico cerrado.

—¡Ha llegado el momento de que votemos! —dijo el granjero rubio.

—¡Sí, a votar! —gritó la mayoría.

Los vecinos ya estaban a punto de meter sus papelitos en el sombrero de uno de los granjeros, cuando alguien se abrió paso entre la gente, se detuvo y habló alzando la voz para que todos escucháramos.

—¡Todas esas opciones son una pérdida de tiempo! —exclamó con convencimiento—. Hay que atajar el problema de raíz o pronto las consecuencias serán terribles.

Aquella voz me resultaba demasiado familiar.

Miré entonces a la persona que hablaba. Un escalofrío recorrió mi cuerpo. ¡Era Hela! ¿Qué estaría tramando?

—¡Esta niña tiene toda la razón! —admitió el granjero rubio—. ¿Qué propones?

—A veces hay que tomar decisiones difíciles, pero necesarias —explicó Hela con una sonrisa sibilina—. Lo más sensato sería envenenar a las ranas. Muerto el perro, se acabó la rabia.

Se me paró el corazón. ¿Cómo podía ser tan ruin y despiadada? Un gran murmullo invadió la plaza. Finalmente, alguien en nombre de la mayoría dijo:

—¡Sí, hay que acabar con las ranas!

Aquello no podía estar sucediendo, no en nuestro valle. Deseaba gritar y decirles a todos que esas tierras no les pertenecían. Aquel también era el hogar de las ranas y, por lo tanto, tenían los mismos derechos.

—¡Un momento! —los detuvo Silvana—. Los humanos que habitamos en Blim siempre hemos convivido en armonía con los animales. Esto que proponen va en contra de nuestros principios.

—¡Sin duda! —dijo el granjero pelirrojo—. Pero esto es una emergencia. ¡O ellas o nosotros!

Y aunque cueste creerlo, casi todos parecían estar de acuerdo con aquella propuesta mortal.

—Les propongo un trato —dijo Silvana—. Estoy a punto de hallar el antídoto para que las ranas vuelvan a su tamaño original. Solamente necesito que me den un poco de tiempo.

—¡De acuerdo! —concedió el granjero rubio tras meditar un rato—. Pero si en veinticuatro horas el problema no está resuelto, procederemos al envenenamiento de las ranas.

Regresamos a casa cabizbajos. Silvana sólo disponía de un día para encontrar la planta pigmeo y preparar el antídoto. ¡Y luego faltaba ver que resultara efectivo! Además, la intervención de Hela nos tenía impactados, preocupados, desconcertados… ¿Qué pretendía exactamente?

Justo cuando entrábamos en el jardín, apareció Yuna Wolf, que volvía de rastrear el bosque.

—¡Chicos! ¡Tienen que acompañarme! Los animales corren un grave peligro.

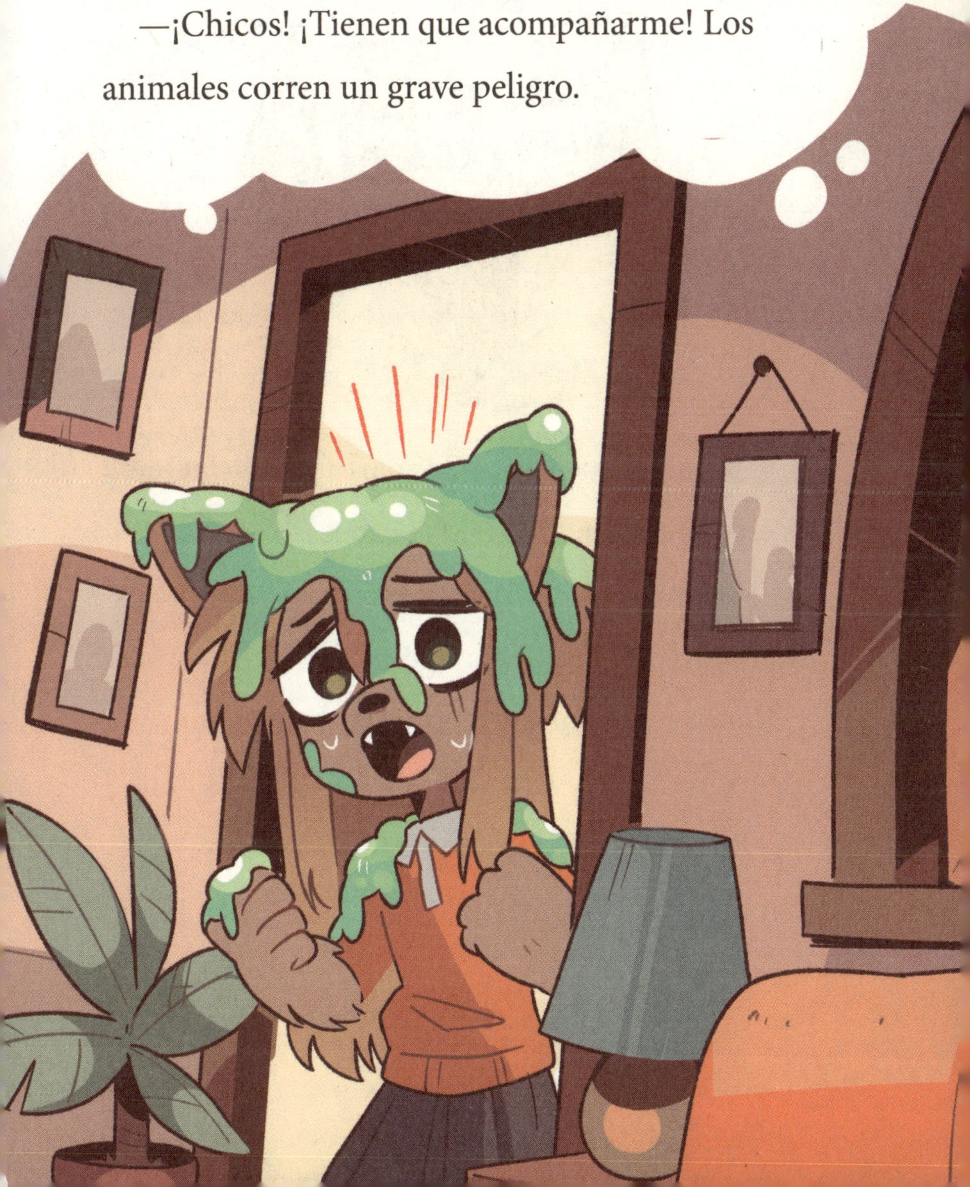

8
CACAS FÉTIDAS Y BABAS PEGAJOSAS

—¡Guácala! ¡Apestas! —Se apartó Cloe—. ¿Qué es ese moco asqueroso de tu cabeza?

—¿Has estado jugando a guerra de escupitajos sin mí? —preguntó Éric algo molesto.

Yuna se tocó las orejas peludas y miró con asco aquel moco verdoso.

—Me temo que esto no tiene nada que ver con un juego —contestó la niña loba—. Verán,

en el bosque hay un rastro de cacas y babas muy malolientes y pegajosas.

—¿De las ranas? —pregunté.

—No lo sé —reflexionó Yuna—. Hay algo que no me encaja. Las heces y las babas de las ranas no son tan… ¡abominables!

—¿Qué quieres decir? —quiso saber Éric.

—¡Son trampas para los animales! —explicó Yuna—. Ya he rescatado a varias ardillas que se ahogaban en heces fétidas y también a pajaritos que se han quedado atrapados en la baba.

—¿Pajaritos, dices? —Se me puso el pelo de punta sólo de pensarlo.

—Por eso he venido a buscarlos —dijo Yuna—. Tenemos que rescatar a los animales y encontrar al responsable de todo esto.

—¿Sabes algo de Nico? —preguntó Silvana.

—Sí —repuso Yuna—, me ha dicho una liebre que lo ha visto por el bosque de secuoyas con una rana gigante.

—Seguro que es Tori —dijo Cloe—, y que siguen buscando al renacuajo fugitivo.

—Deben acompañar a Yuna, esto parece importante —zanjó Silvana—. Yo tengo que salir a buscar la planta pigmeo. Tenemos poco tiempo.

—¿Qué les parece si nos convertimos en animales? —propuse.

Sí, confieso que tenía ganas de regresar por un rato a mi forma de pájaro. Además, así podríamos pasar desapercibidos y transformarnos de nuevo en Magic Animals si era necesario.

—Buena idea —repuso Éric—. Estoy deseando rascarme el lomo con el tronco de un árbol.

—Abi lo dice para no llamar la atención —dijo Cloe—, no para que te des masajitos relajantes.

Éric, Cloe, Yuna y yo deseamos convertirnos en animales con todas nuestras fuerzas: plumas, pelo, colas, garras y orejas puntiagudas nos salieron por el cuerpo. Ahora parecíamos un oso, una loba, una gata y un pájaro de lo más comunes. Bueno, Cloe seguía pareciendo un tanto peculiar con aquellos ojos inquietantes.

Yuna, la loba, comenzó a rastrear de nuevo y la seguimos hasta el corazón del bosque.

Nos encantaba convertirnos en animales, en ese momento volvíamos a ser los de antes. Regresábamos a nuestro hábitat natural y nos movíamos entre los árboles como cuando éstos eran hogar y abrigo. Lo malo es que en ese estado, el instinto animal afloraba tal vez un poquito más de la cuenta. Yuna se ponía a aullar sin venir a cuento, Éric se encaramaba a las secuoyas en busca de colmenas para pegarles un lengüetazo, a Cloe le daba por perseguir a los pobres ratoncillos de campo y a mí por piar y picotear las semillas de las piñas. Vamos, que se podría decir que andábamos un tanto distraídos. Supongo (bueno, estoy segura) que por eso pasó lo que pasó.

    Yuna nos dirigió hasta un claro del bosque que más bien parecía un oscuro del bosque. Algunos troncos y ramas de los árboles que lo rodeaban se habían caído y estaban embadurnados de una gelatina verde, viscosa y apestosa. Aunque lo más impactante era el charco que se extendía ante nosotros. Tenía un tono verdoso y era espeso como chocolate caliente, sólo que con una pinta

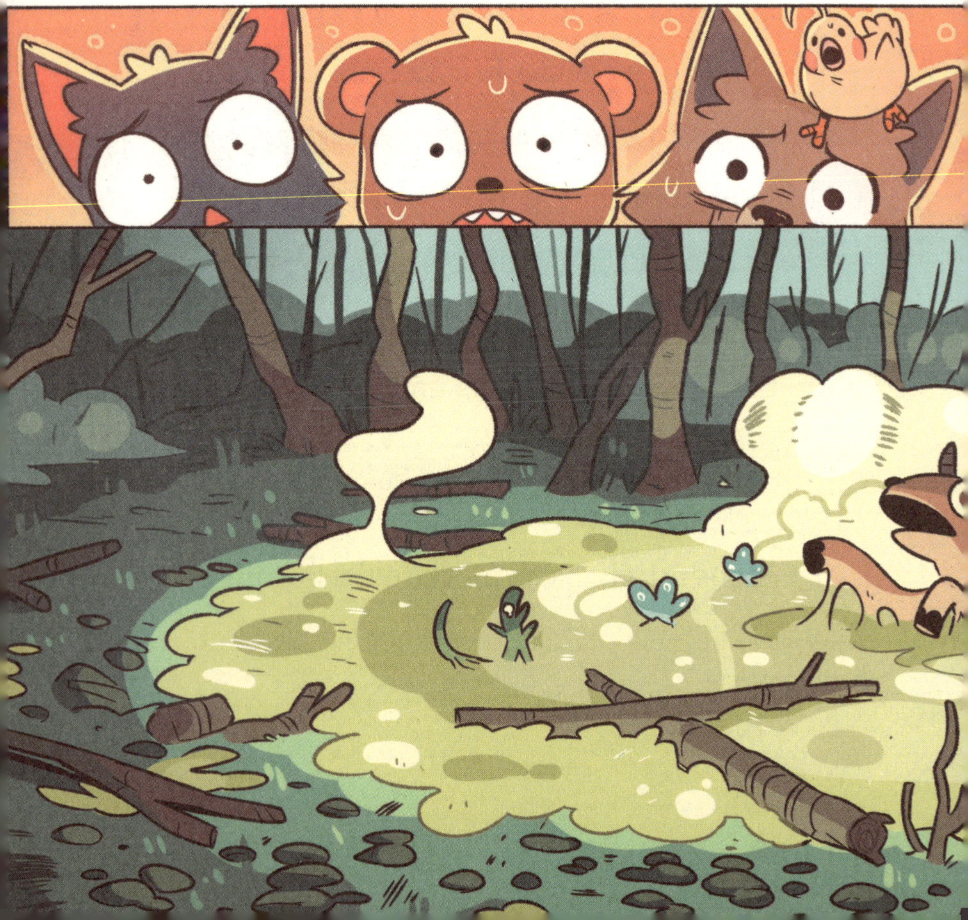

asquerosa, más maloliente que el baño después de que Éric… (ejem, imagina lo peor y acertarás) y humeante como la sopa en invierno. Y lo que era más terrible, dentro de ese líquido viscoso, verde y hediondo luchaban por escapar lagartijas y mariposas, además un indefenso cervatillo se

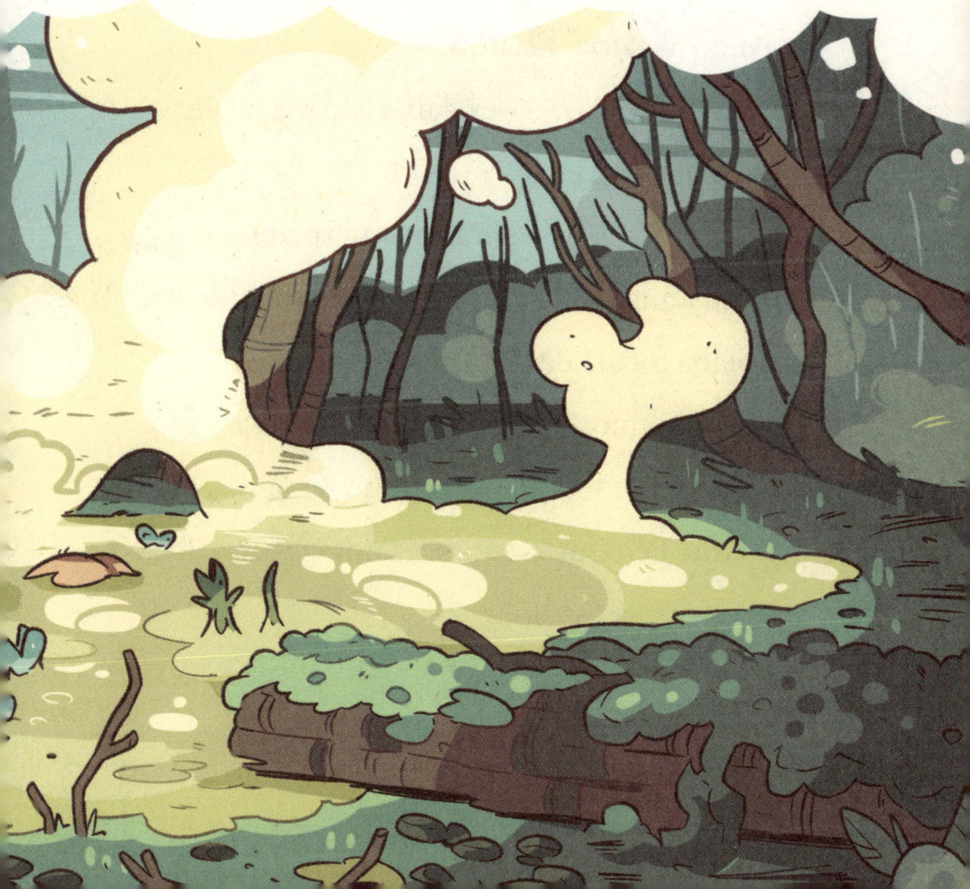

hundía lentamente en él como si fueran arenas movedizas. ¡No había duda! El charco en realidad era la diarrea de algún ser escalofriante.

Nos convertimos en niños (lo admito, los jóvenes humanos son muy listos y piensan mejor) para estudiar la forma más idónea de liberar a los animales, excepto nuestra amiga felina que seguía jugando al gato y al ratón.

—¡Vamos, Cloe! —exclamé—. Ya está bien. Acércate a ver esto.

—Encima de que persigo a un roedor en lugar de a mi amiguita la pajarito… —gruñó mientras adoptaba forma de niña.

Nos situamos en la orilla del charco. ¡Qué asco! El cervatillo no podía salir, teníamos que ayudarlo. Pero justo entonces nos sorprendió alguien por la espalda.

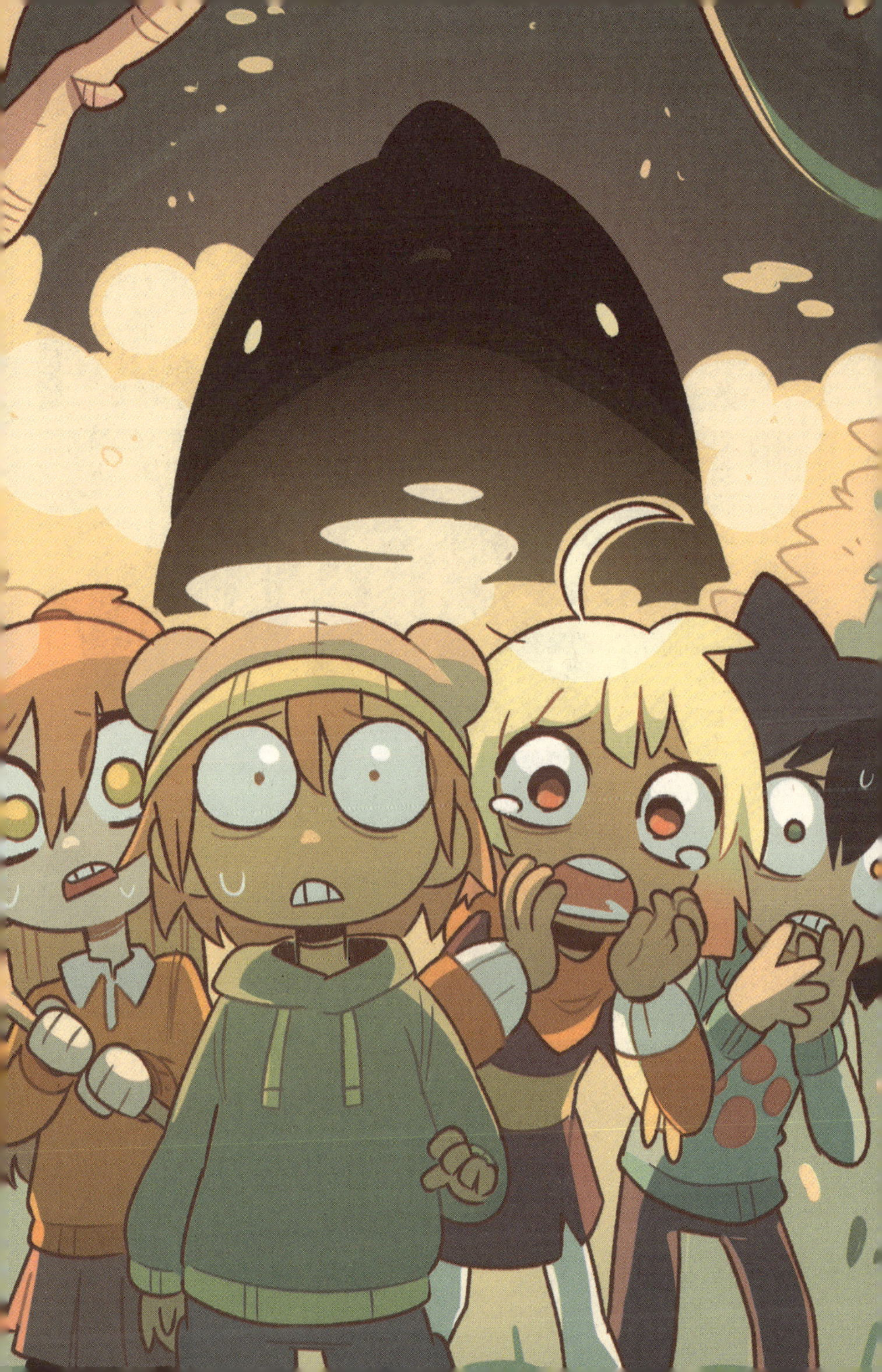

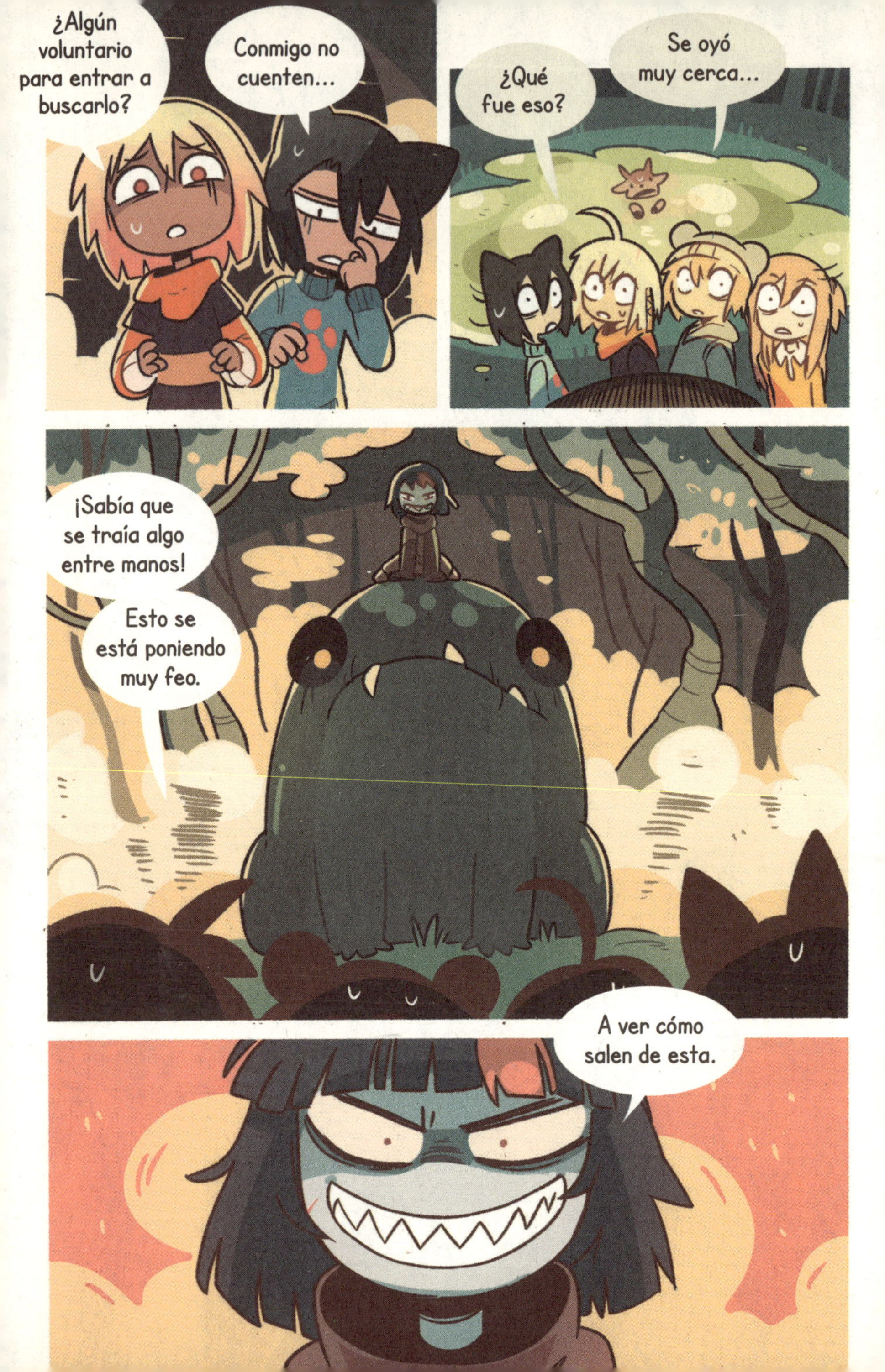
¿Algún voluntario para entrar a buscarlo?
Conmigo no cuenten...
¿Qué fue eso?
Se oyó muy cerca...
¡Sabía que se traía algo entre manos!
Esto se está poniendo muy feo.
A ver cómo salen de esta.

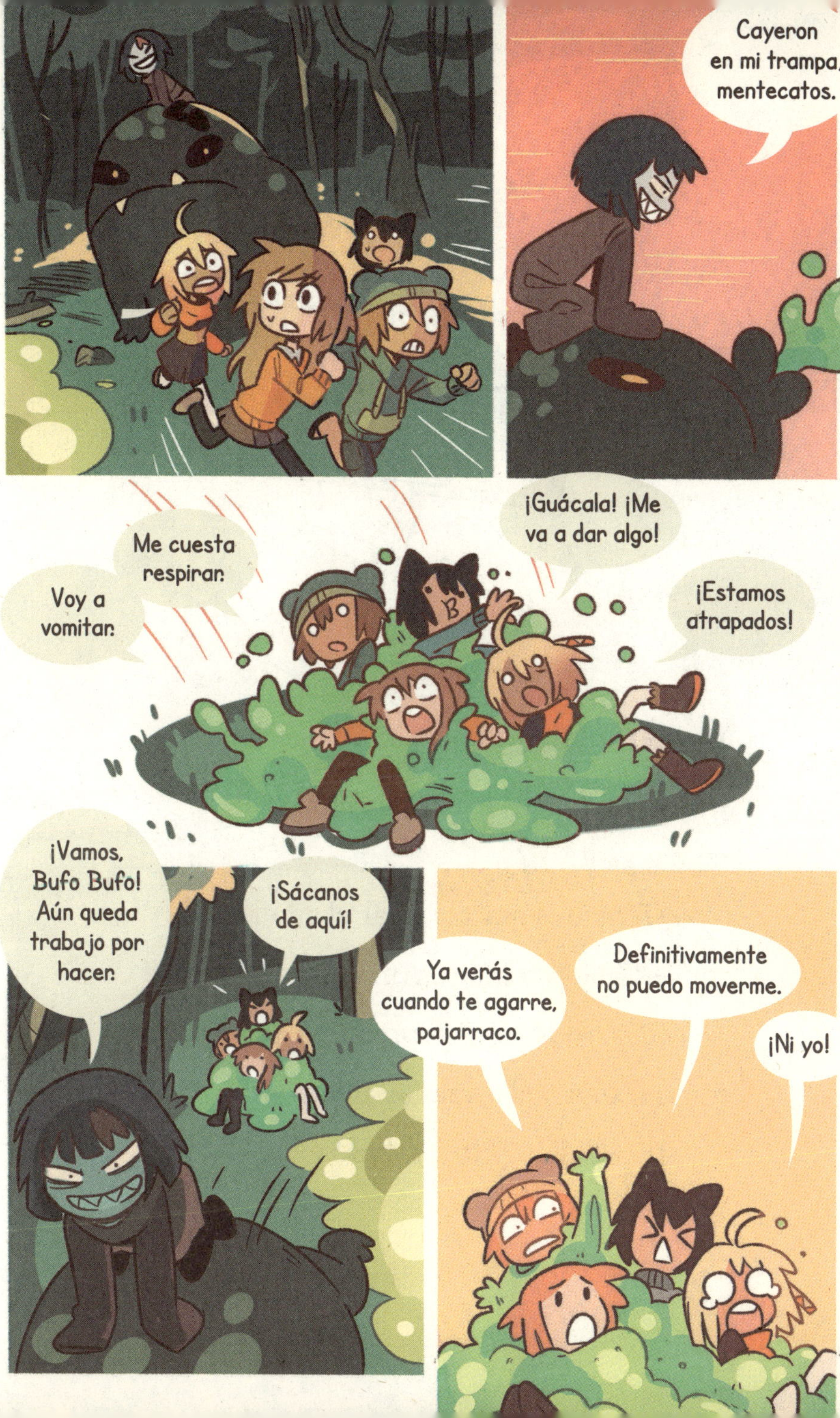

Cayeron en mi trampa, mentecatos.
Voy a vomitar.
Me cuesta respirar.
¡Guácala! ¡Me va a dar algo!
¡Estamos atrapados!
¡Vamos, Bufo Bufo! Aún queda trabajo por hacer.
¡Sácanos de aquí!
Ya verás cuando te agarre, pajarraco.
Definitivamente no puedo moverme.
¡Ni yo!

9. ATRAPADOS

Y ésa era la situación. Éric, Yuna, Cloe y yo, atrapados en una pegajosa y pestilente baba de sapo gigante.

—¡Tenemos que alcanzar el amuleto y convertirnos en Magic Animals! —exclamé.

—Sí, pero ¿cómo? —preguntó Yuna—. Es como si tuviera las manos atadas.

—¡Es verdad! ¡Fffff! —bufó Cloe—. Este

moco no deja que nos movamos ni un centímetro.

—¡Esperen! —dijo Éric—. Mi nariz está bastante cerca de tu amuleto, Cloe.

—¿Qué insinúas? —preguntó Cloe—. ¡Solamente yo puedo convertirme con la canica de cristal!

—Lo sé —dijo Éric—. Pero tal vez pueda ponerla en contacto con alguna parte de tu cuerpo.

—¡Éric tiene razón! —exclamé—. En ningún lugar está escrito que solo funciona si lo tocamos con las manos.

El colgante de Cloe flotaba entre las babas y quedaba a la altura de una de sus orejas. Mientras que la nariz de Éric estaba a menos de un palmo de la canica.

—Abi, Yuna —dijo Éric—. ¡Tienen que tratar de empujarme!

Éric y yo estábamos espalda contra espalda, y los hombros de Yuna y los míos se tocaban. Debíamos unir nuestras fuerzas para acortar la diminuta distancia que necesitábamos.

—A la de una, a la de dos y a la de… ¡tres! —exclamó Cloe.

Te prometo que empujamos con todas nuestras fuerzas (por lo menos yo). ¡Pero nada! Apenas nos inclinamos un poquito.

—¡Qué desastre! —gimió Cloe—. ¡Así no lo conseguiremos jamás!

Pero quiso la buena suerte (y la alergia) que a Yuna le entraran unas ganas terribles de…

—¡Achuuú!

Lanzó un estornudo de los que hacen temblar

las paredes. Causó el impacto suficiente para que Yuna me empujara y me desplazara varios centímetros, y yo a la vez a Éric, que con su nariz pudo llegar a la canica amuleto de Cloe e introducirla en una de sus orejas.

—¡Au! ¡Me lastimas! —protestó Cloe.

La magia del cristal se apoderó de nuestra amiga. Su cuerpo se cubrió de pelo. Orejas felinas, cola, colmillos y uñas como espinas

hicieron su aparición. Entonces Cloe Cat lanzó sus garras voladoras y, éstas, como si fuesen una avioneta teledirigida, rasgaron aquel moco verde que perdió consistencia y cayó al suelo como una pesada manta. Una vez libres, Éric, Yuna y yo nos apresuramos a apretar nuestro amuleto. ¡Nos convertimos en Magic Animals!

Alguien tenía que adentrarse en la charca verde para rescatar al cervatillo. Como ya habíamos deducido que se trataba de una caca, lo echamos a la suerte. ¡Éric fue el desafortunado! Se introdujo en el líquido pestilente y, con su fuerza extraordinaria, empujó a la cría hasta que consiguió sacarla de allí. Mientras tanto nosotras liberamos a los animalitos atrapados en las babas pegajosas. Ahora ya sabíamos que todos esos fluidos repugnantes pertenecían a aquel sapo repelente, llamado Bufo Bufo, que seguía las órdenes de Hela. Precisamente en uno de esos escupitajos verdes encontramos algo inquietante.

—¿Es un chicle de fresa? —preguntó Éric.

—Parece que el baño de excrementos te ha nublado los sentidos… —dijo irónicamente Cloe.

—¡Por la luna llena! —exclamó Yuna—. Es una bolita roja igualita a la que Nico encontró en el lago Cristal.

—Lo sospechaba —dije—. Hela está detrás de la invasión de las ranas gigantes y creo que sigue las indicaciones del malvado mago Otto.

—¡Tenemos que detenerlos! —exclamó Éric.

—Sí, pero antes lávate un poco —refunfuñó Cloe.

No hizo falta el olfato privilegiado de Yuna para seguir el rastro de babas y cacas apestosas. El sapo Bufo Bufo iba dejando un auténtico campo de minas a su paso. Esquivar aquello era más difícil que conservar la vida volando entre águilas hambrientas.

Tras varias horas de equilibrios para no caer en las trampas putrefactas del sapo, llegamos a un lugar espeluznante. Se trataba de una pradera formada por unas plantas de hojas descomunales. ¡Vaya racha con lo gigante!

—El rastro sigue por entre los tallos —señaló Cloe.

—Este tipo de vegetal me suena —dijo Yuna—. Pero ahora no lo recuerdo...

—¿Tenemos que meternos ahí? —preguntó Éric acobardado—. ¿No les parece raro que no haya ningún animal merodeando por la zona?

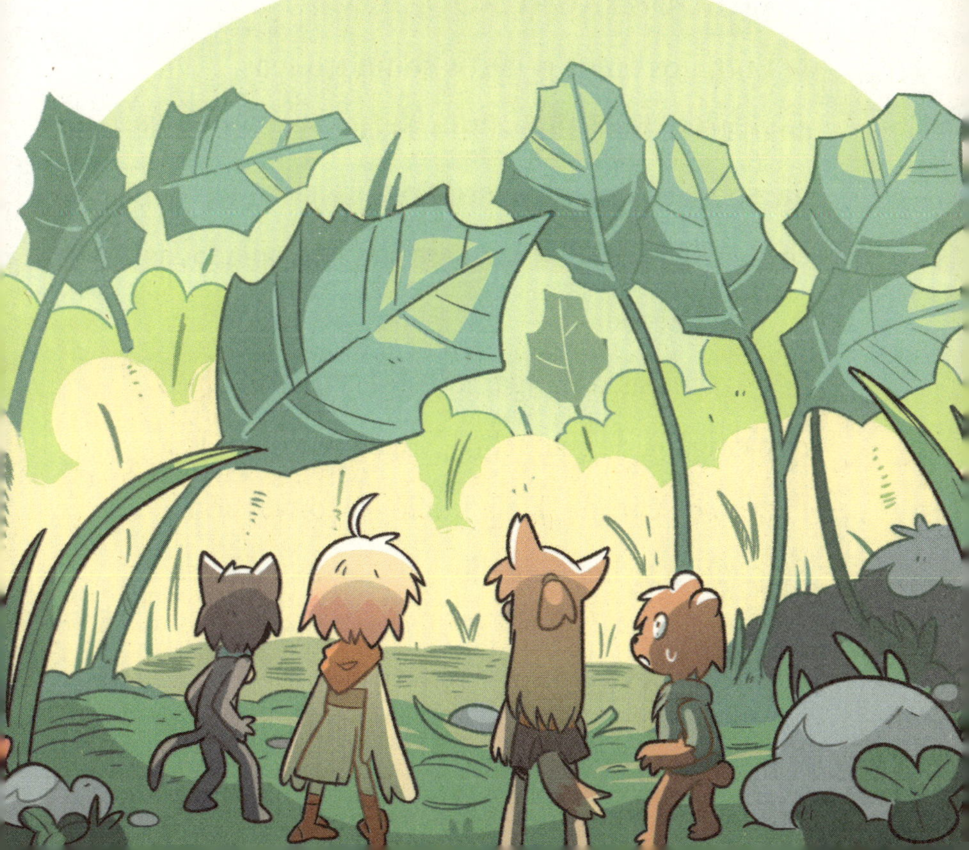

—Ahora no podemos detenernos —dije, aunque yo también tenía bastante (o tal vez mucho) miedo.

Avanzando por entre las plantas monumentales, me sentía como un insecto insignificante e indefenso. De pronto, oímos un ruido estridente que nos resultó familiar.

«¡CROOAAAC! ¡CROOAAAC!»

Entre los tallos gruesos como troncos, apareció el sapo Bufo Bufo. Hela permanecía de pie sobre su espalda, pero no dijo nada. Tan sólo comenzó a reír, con sus carcajadas despiadadas.

«¡Ja! ¡Ja! ¡Ja!»

Y mientras reía, agarró con las manos algo que colgaba de su cuello. ¡Era su amuleto! Un cuervo de carbón. Hela inició su conversión. Su cuerpo se llenó de plumas negras, su boca se trianguló en un pico también oscuro. Sus brazos se tornaron alas y sus piernas, patas con garras. Mirar sus ojos era como ver una película de terror. Estábamos tan impactados que no pudimos reaccionar. Hela Crow agitó las alas, ahora graznaba. Las plantas a su alrededor comenzaron a danzar un baile desenfrenado.

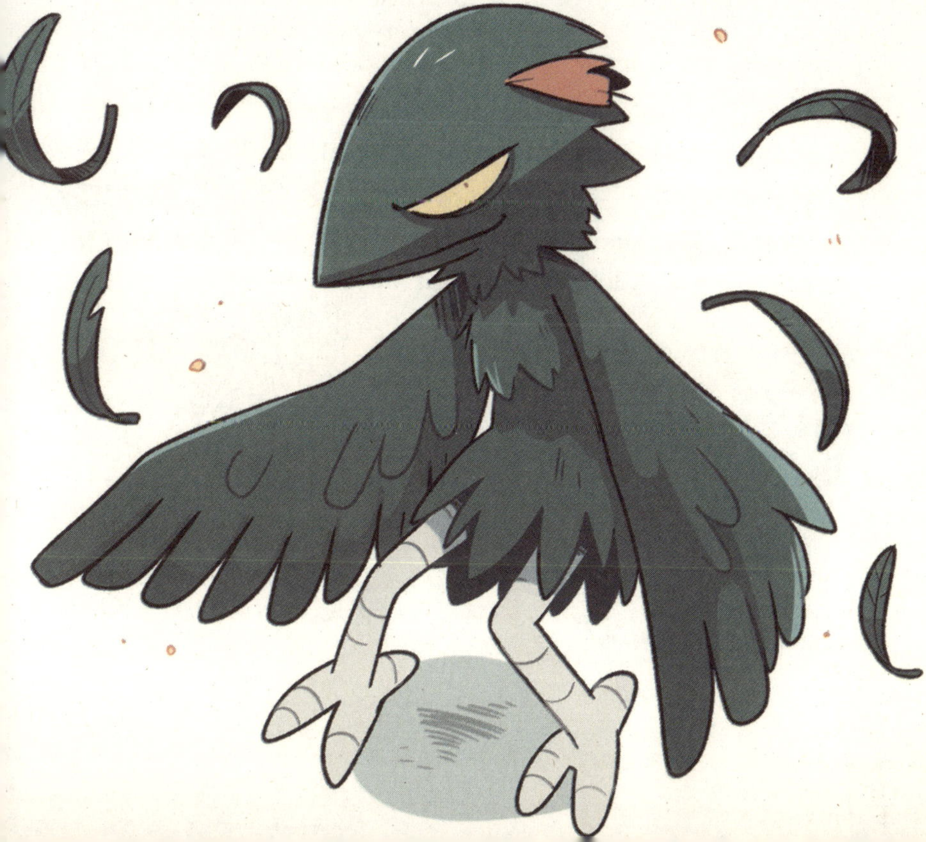

—¡Está creando una tormenta de vientooo! —gritó Éric.

Y justo cuando acababa de gritar aquello, nos elevamos del suelo impulsados por el repentino vendaval. Hasta que acabamos enganchados en aquellas hojas enormes que parecían auténticas estampas adheribles.

—Ya me acordé —dijo Yuna—. ¡Son ortigas!

10
ORTIGAS DESCOMUNALES

¡Estábamos atrapados en las hojas enormes de las ortigas! ¡Y picaban más que las críticas envenenadas de Cloe! Y te aseguro que eran terribles.

—¡Sácanos de aquí! —gruñó la niña gata mientras se revolvía entre los pelos irritantes de la planta.

—Son demasiado predecibles. —Rio Hela—.

Cayeron en todas mis trampas. Esto ha sido más fácil que un paseo entre las nubes blancas.

—¿Qué quieres de nosotros? —espeté.

—Yo con fastidiarlos ya tengo bastante —repuso la niña cuervo—. Pero hay alguien que tiene otros planes.

Enseguida nos dimos cuenta de cuál era el verdadero objetivo de sus artimañas.

—¡No puede ser! —exclamó Éric cuando consiguió levantar ligeramente la cabeza. ¡Miren hacia esas montañas, a la izquierda!

Levanté la vista y allí, en la cordillera del Este, cubierta por una niebla espesa que entraba y salía por las ventanas, se vislumbraban los puntiagudos tejados de una tétrica mansión de muros muy oscuros. No había duda, aquella era la guarida del mago Otto. Un escalofrío me

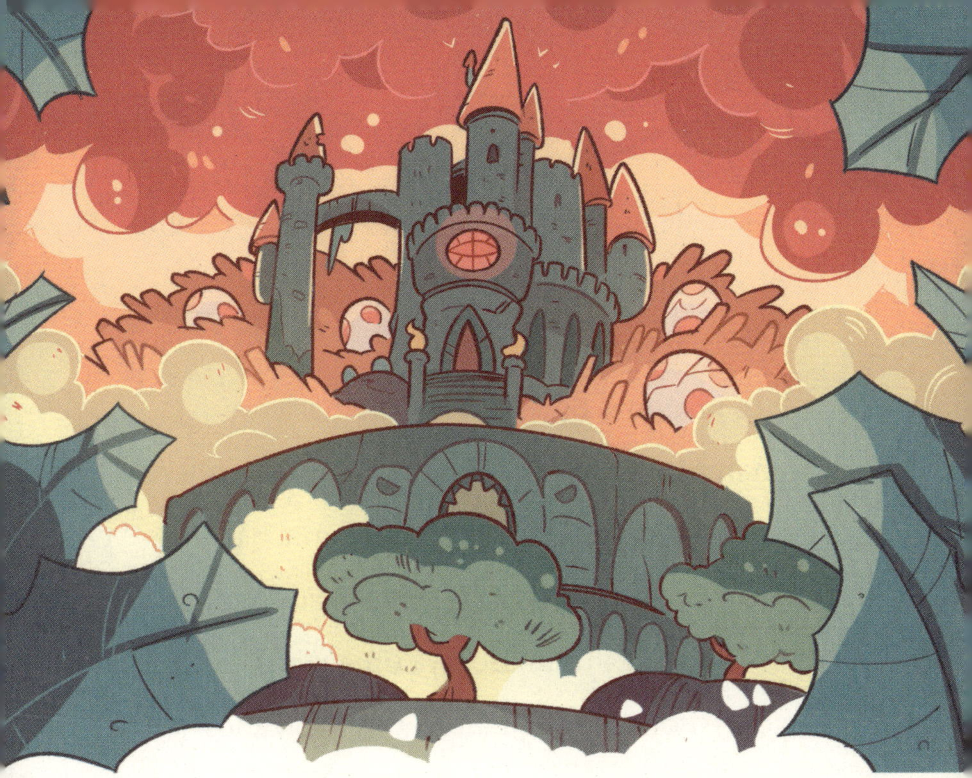

recorrió desde la cresta hasta la punta de mi cola plumada.

—Me temo que nos hemos metido en la boca del lobo —temblé.

—¡Qué ganas de pintar a los lobos de malos! ¡Si somos adorables! —se quejó Yuna.

Y justo en ese momento oímos una risa

despiadada. Era grave, profunda y lúgubre como el eco de una cueva tenebrosa.

«¡Ja! ¡Ja! ¡Ja!»

¿Te imaginas quién era? ¡Adivinaste! El malvado mago Otto avanzaba por la pradera de ortigas sosteniendo su horripilante báculo de calavera de murciélago. Los ojos del cráneo de murciélago se iluminaron y comenzaron a lanzar rayos. Y nosotros seguíamos inmovilizados. ¡La cosa pintaba mal, muy mal!

—¡Ahora sí que no se van a escapar! —exclamó Otto con satisfacción—. ¡Pronto su poder será mío!

Los rayos del cráneo del murciélago se intensificaron, tanto que parecían fuegos artificiales. Me removí con toda mi fuerza en la hoja de ortiga. Pero era imposible desprenderse

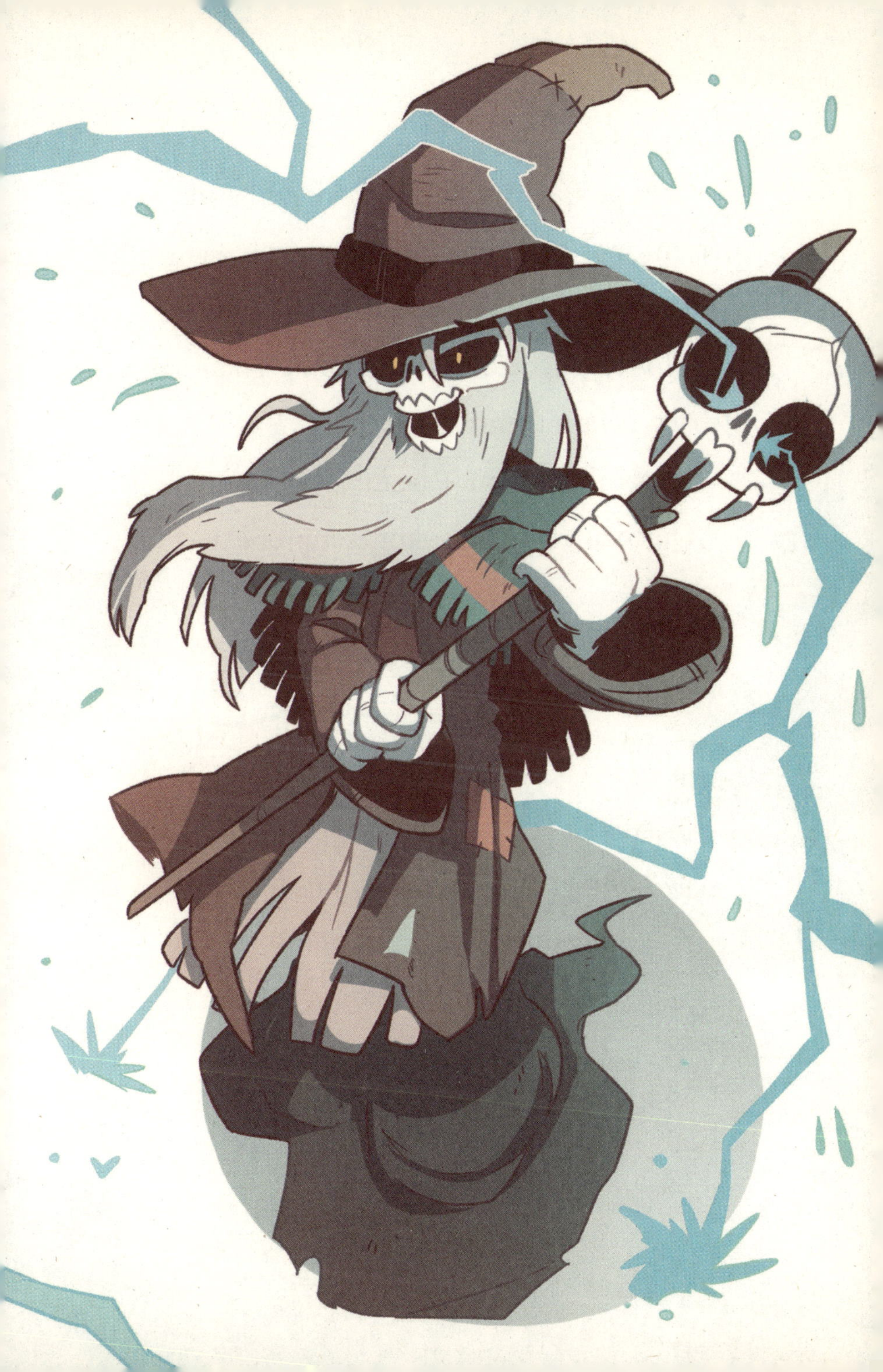

de ella y, por si fuera poco, el ardor era cada vez más insoportable. Cerré los ojos instintivamente, como si así pudiera desaparecer.

Entonces sucedió, se oyeron unos golpes muy fuertes, la tierra tembló.

«¡Paaam! ¡Pooom! ¡Paaam! ¡Pooom!»

¿Qué ocurría? Con terror comprobé que

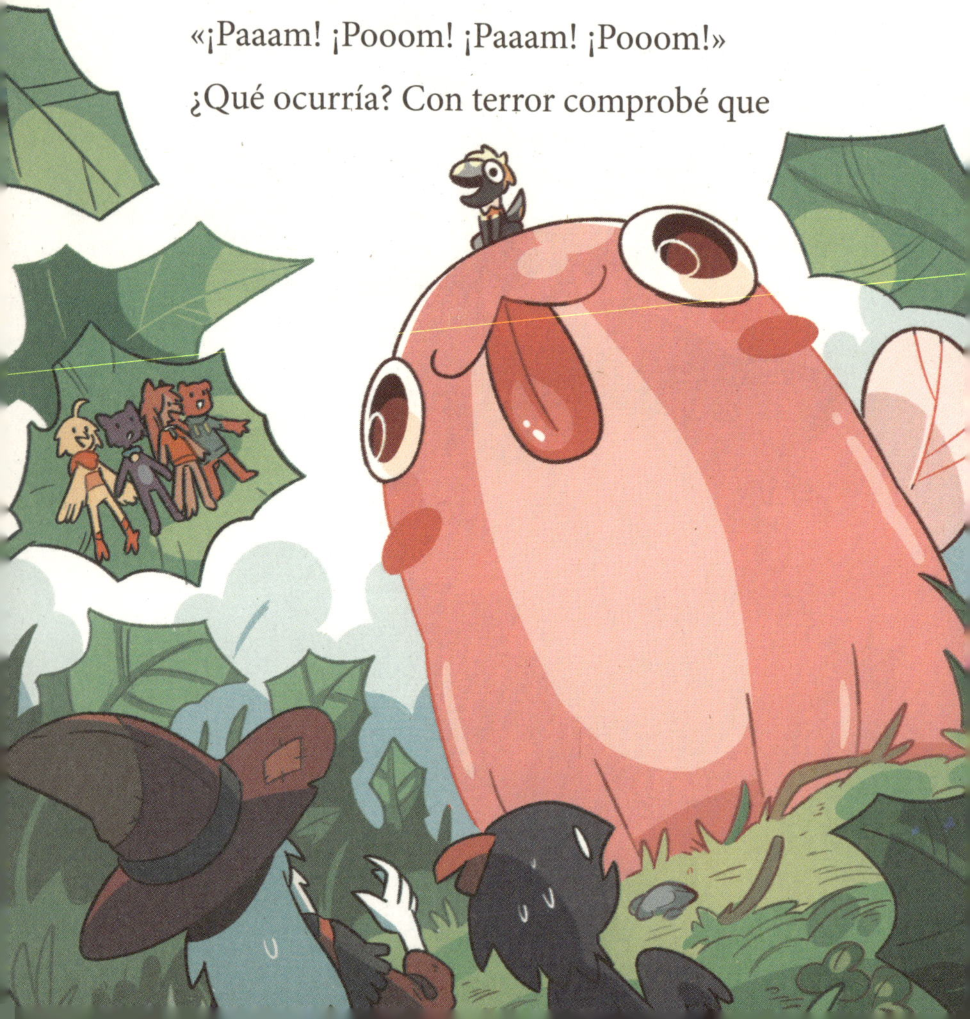

algo aún más horripilante que el propio mago Otto se acercaba. ¿De qué se trataba? Un ser escalofriante, grande como una montaña caminaba en el ortigal. ¿Era un dinosaurio? Las caras del mago y de Hela se ensombrecieron. Suspiré. Por lo menos parecía que aquel ser no era de su bando.

—¡Mírenle la cabezaaa! —gritó Cloe.

Efectivamente, en la frente de aquel ser se apreciaba una silueta diminuta que me pareció muy familiar. ¡Por todos los nidos del bosque! Era nuestro amigo Nico, y ese que parecía un dinosaurio, no podía ser otro que el renacuajo con patas y cola llamado Suri, la hija desaparecida de Tori, que por alguna extraña razón era diez veces más grande que las otras ranas. ¡Y eso ya era mucho decir!

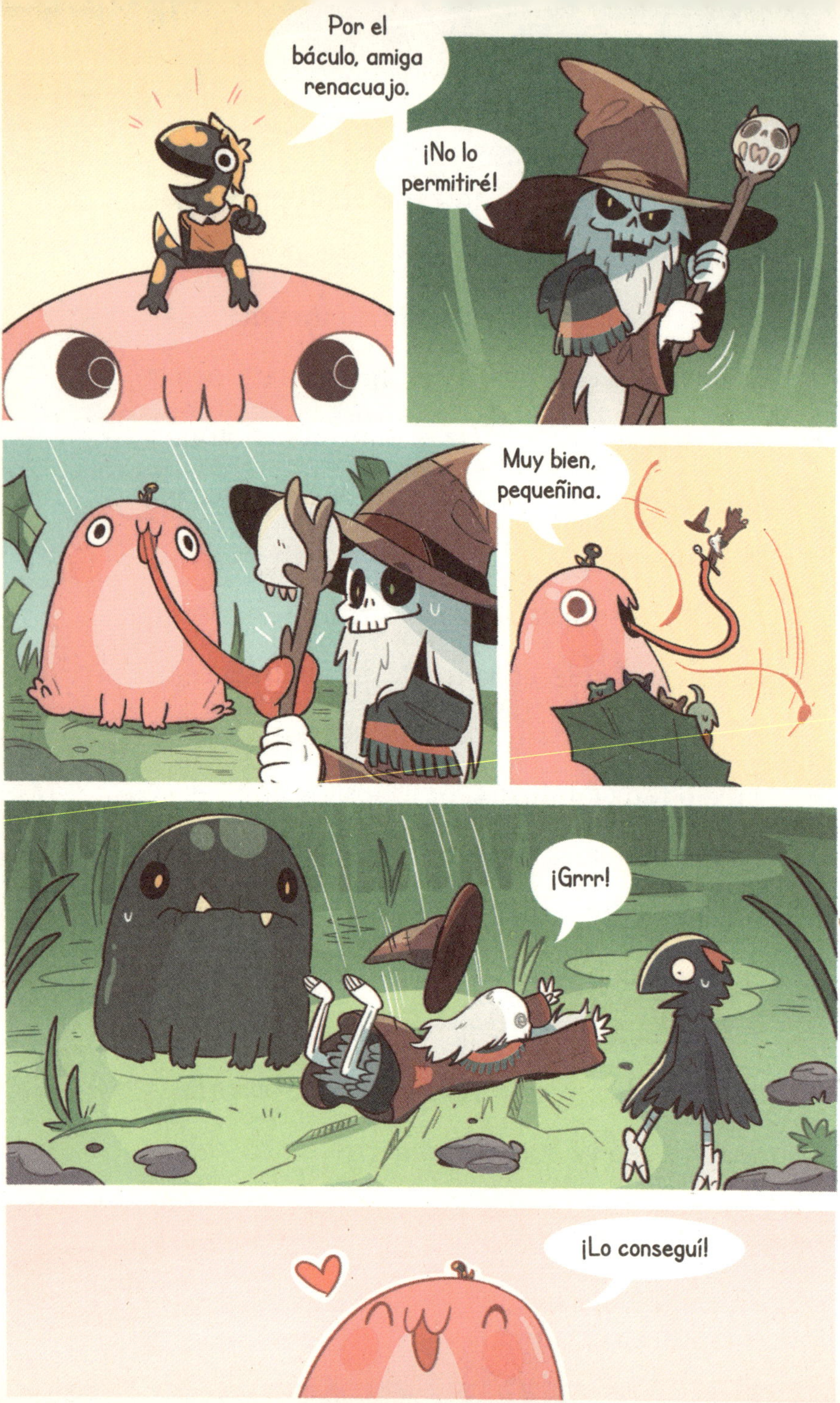
Por el báculo, amiga renacuajo.
¡No lo permitiré!
Muy bien, pequeñina.
¡Grrr!
¡Lo conseguí!

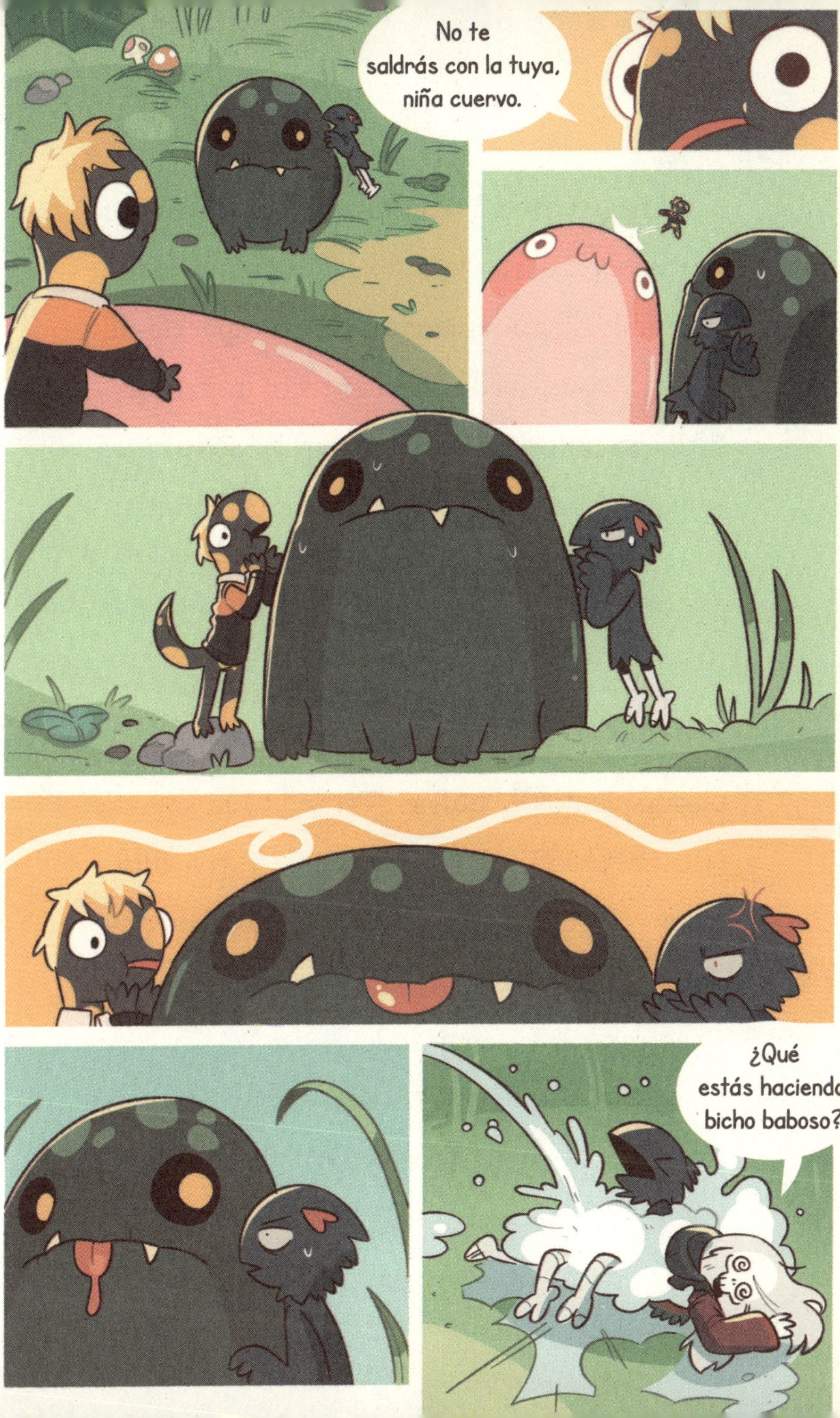
No te saldrás con la tuya, niña cuervo.
¿Qué estás haciendo, bicho baboso?

El mago Otto y Hela quedaron atrapados en la porquería del escupitajo del sapo Bufo Bufo, y yo sabía de primera mano que escapar de allí era muy complicado. Por lo menos tardarían varios minutos. Entre tanto, Suri lanzó su lengua kilométrica hacia las hojas en las que aún seguíamos prisioneros y, uno a uno, nos fue liberando.

—¡Viva! ¡Viva! —exclamé.

—Tengo el cuerpo como si me hubieran picado cientos de pulgas —gimió Cloe.

—Les presento a Suri, la hija de Tori —dijo Nico—. La encontré hace unas horas al otro lado del bosque. Parece que se comió diez bolitas rojas, por eso es tan grande.

—Muchas gracias a los dos —sonrió Yuna.

—Una pregunta, ¿qué le dijiste al sapo Bufo

Bufo para que se pusiera de nuestra parte?
—quiso saber Éric.

—Bueno, entre anfibios nos entendemos bien —explicó Nico—. Y le dije una gran verdad, que los cuervos suelen comerse a los de nuestra especie.

—¡Pero qué listo eres, Nico! —dije.

Aunque teníamos el cuerpo más dolorido que un durazno recién caído del árbol, nos abrazamos todos.

¡Huimos de allí! No podíamos entretenernos demasiado, porque tanto el mago Otto como Hela pronto lograrían escapar de las babas pegajosas. Regresamos al pueblo junto con Suri y Bufo Bufo, quien finalmente resultó ser un sapo muy simpático. Es cierto que era un poco asquerosito con algunas cosas, pero ¿quién no tiene algún que otro defecto?

No podía quitarme de la cabeza lo sucedido. Aquellos malvados habían intentado sembrar la discordia en el valle de Blim dándoles a las ranas bolitas rojas que las hicieron gigantes. Pero, sin duda, su principal objetivo era atraernos hasta el prado de ortigas descomunales para robarnos el poder. Menos mal que nuestro amigo Nico había llegado con refuerzos justo a tiempo. Otra cosa que me daba muchas ñáñaras era la tétrica mansión en las montañas. Sólo pensar en la posibilidad de que el mago nos encerrara entre sus paredes, me daba más miedo que estrellarme contra un cable eléctrico en pleno vuelo.

Aunque habíamos logrado escapar, todavía nos quedaba un pequeño detalle que solucionar (bueno, más bien eran muchos y enormes).

Cuando llegamos a casa, ya habíamos recuperado nuestra forma humana. Silvana nos esperaba en el jardín. Aunque debería estar agotada, su expresión era de alegría. En las manos sostenía un tarro de bolitas azules.

—¡Llegan justo a tiempo! —dijo Silvana—. Encontré la planta pigmeo y he preparado todos estos antídotos para las ranas.

—¿Y funcionan? —preguntó Yuna.

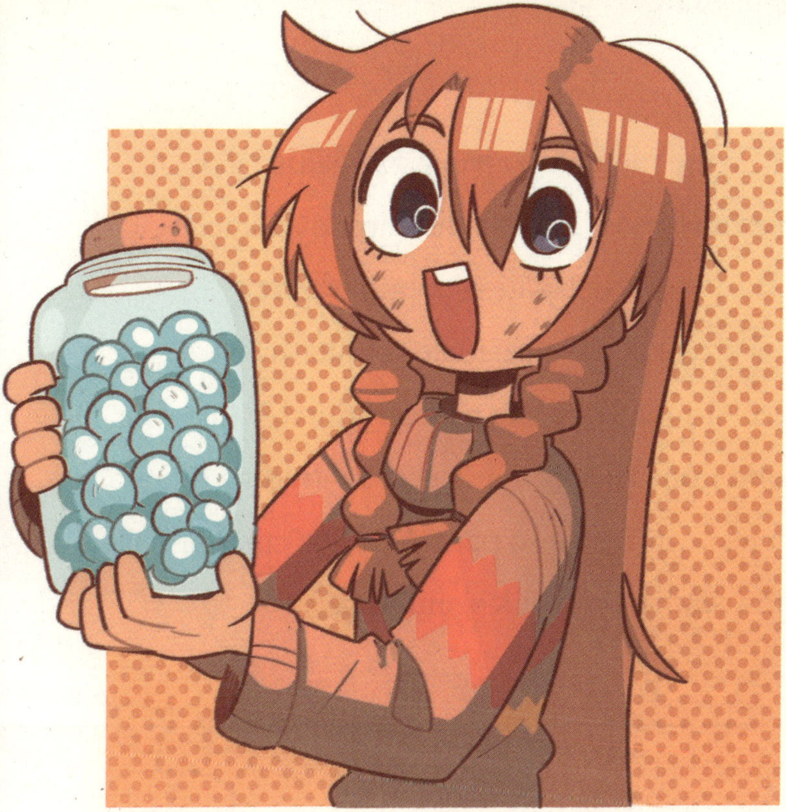

—Ejem… —carraspeó Silvana—. Ahora que lo dices, aún no lo sé.

Nos quedamos todos con cara de «¿en serio has preparado un millar de bolitas sin haberlas probado?».

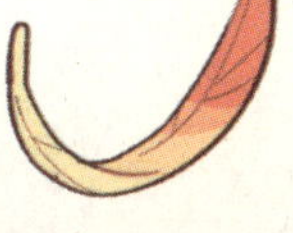

En ese momento apareció la gallina Cocot. Nos miramos. Todos pensamos lo mismo.

—¿Quién se la da? —preguntó Éric.

Pero nadie se ofreció de voluntario. No sé por qué, si aquella gallina parecía adorable (léase en tono irónico). Cocot picoteaba y tragaba todo lo que encontraba a su paso de forma compulsiva: una sandía, un arbusto, una silla…

—Yo creo que entre aves se entienden mejor —propuso Cloe señalándome.

¿Por qué siempre se ensañaba conmigo?

—Tiene lógica —añadió Nico—. Yo antes me las arreglé muy bien con el sapo Bufo Bufo.

Vamos, que no me quedaron más plumas que aceptar el reto.

—¡Pst, pst! —exclamé mostrándole a la gallina una diminuta bola azul.

Cocot se acercó. ¡Aquello era demasiado! Su pico puntiagudo, grande y oscuro como una cueva, venía hacia mí. No lo pude evitar, salí corriendo antes de acabar en el gaznate de la gallina.

Entonces se me ocurrió una idea.

—Yuna, ¿quedan panquecitos?

—Sí, en la alacena.

Metí bolitas en el interior de una docena de panquecitos (para una gallinaza como aquella, no podían ser menos) y se los ofrecí. En pocos segundos, el ave gigante ya se los había zampado.

De pronto…

¡Plof!

Cocot comenzó a encogerse. Rápidamente disminuyó. Lo malo es que calculé la dosis un poco mal y, más que una gallina, parecía un

colibrí. Por eso a partir de entonces la llamamos Coquí (suena más a algo pequeñito, ¿no?).

¡Lo importante era que las bolitas de Silvana funcionaban!

De madrugada, aprovechando que todos los vecinos dormían, los Magic Animals salimos a repartir bolitas azules entre las ranas, el sapo y los renacuajos gigantes que brincaban desbocados por el pueblo y el bosque.

Uno a uno, los anfibios fueron recuperando su tamaño habitual y regresaron al lago Cristal. Nos despedimos de Tori, Suri y hasta de Bufo Bufo (también a él le habíamos agarrado cariño). Eso sí, de despedida nos regaló un pedo tan fétido que casi me muero.

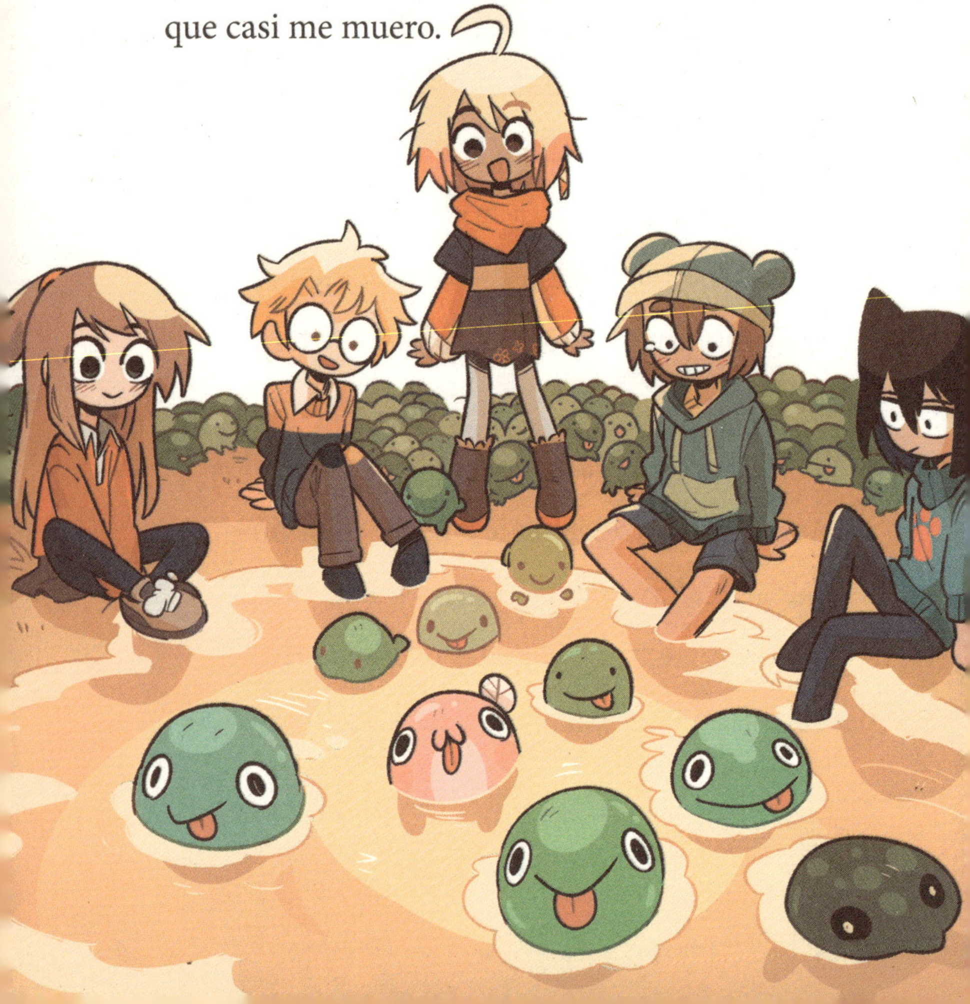

Y como colofón ¿recuerdas el huevo titánico que puso Cocot (ahora Coquí) cuando era gigante? Aquella noche Silvana preparó una tortilla española memorable para celebrar nuestra victoria. Estaba riquísima, y eso que los huevos a mí me dan un poco de asco. ¡Habíamos vencido al mago Otto y a Hela! ¡Y habíamos logrado que regresara la calma al valle de Blim!

En ese momento no podía imaginar que aquello sólo era la punta del iceberg de todo lo que nos tenían preparado esos dos malvados. Pero eso mejor lo dejo para otra ocasión. Ahora me voy a dar una vuelta en las nubes. ¡Esta vez las de verdad!

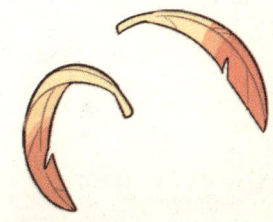

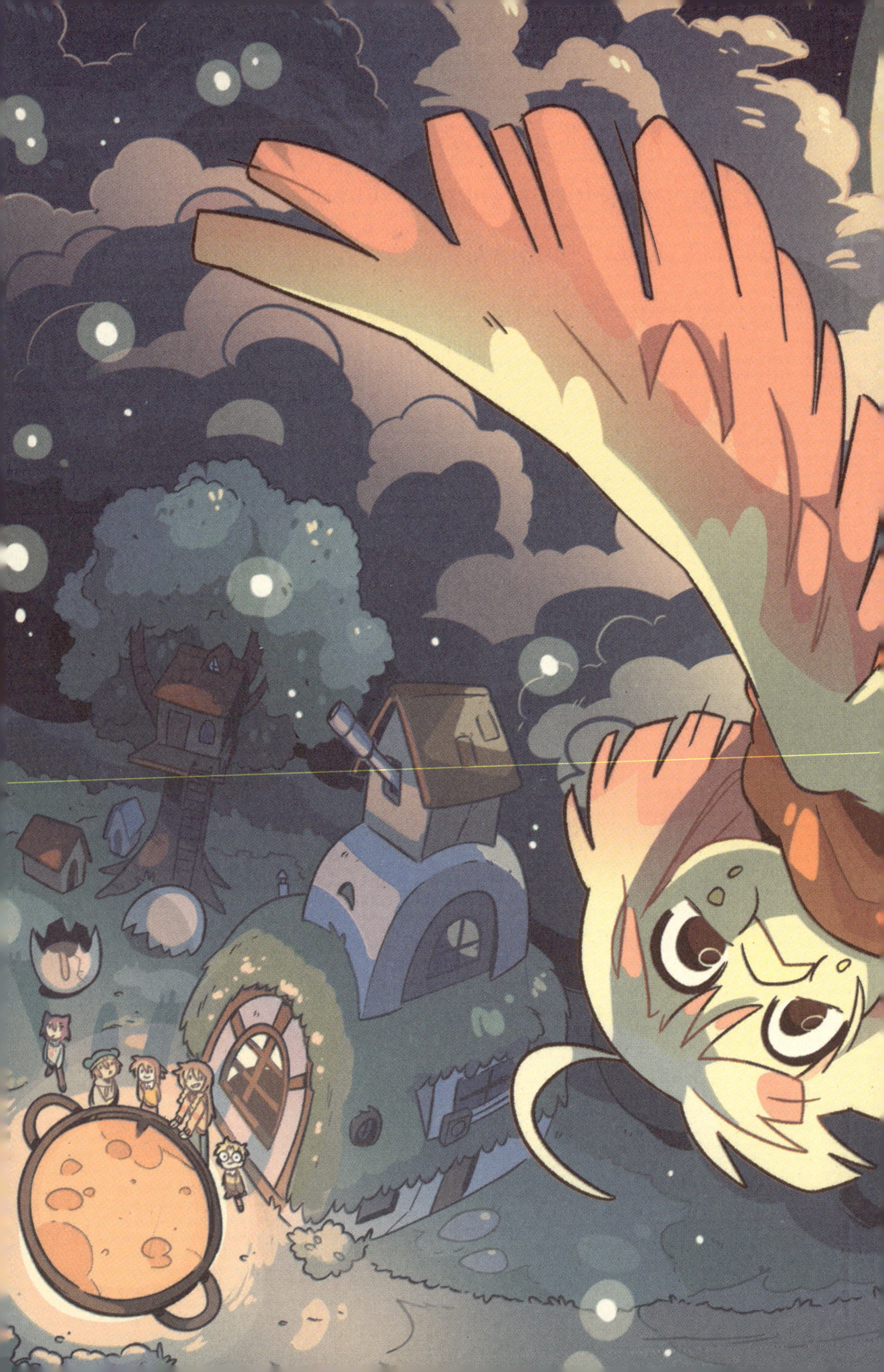

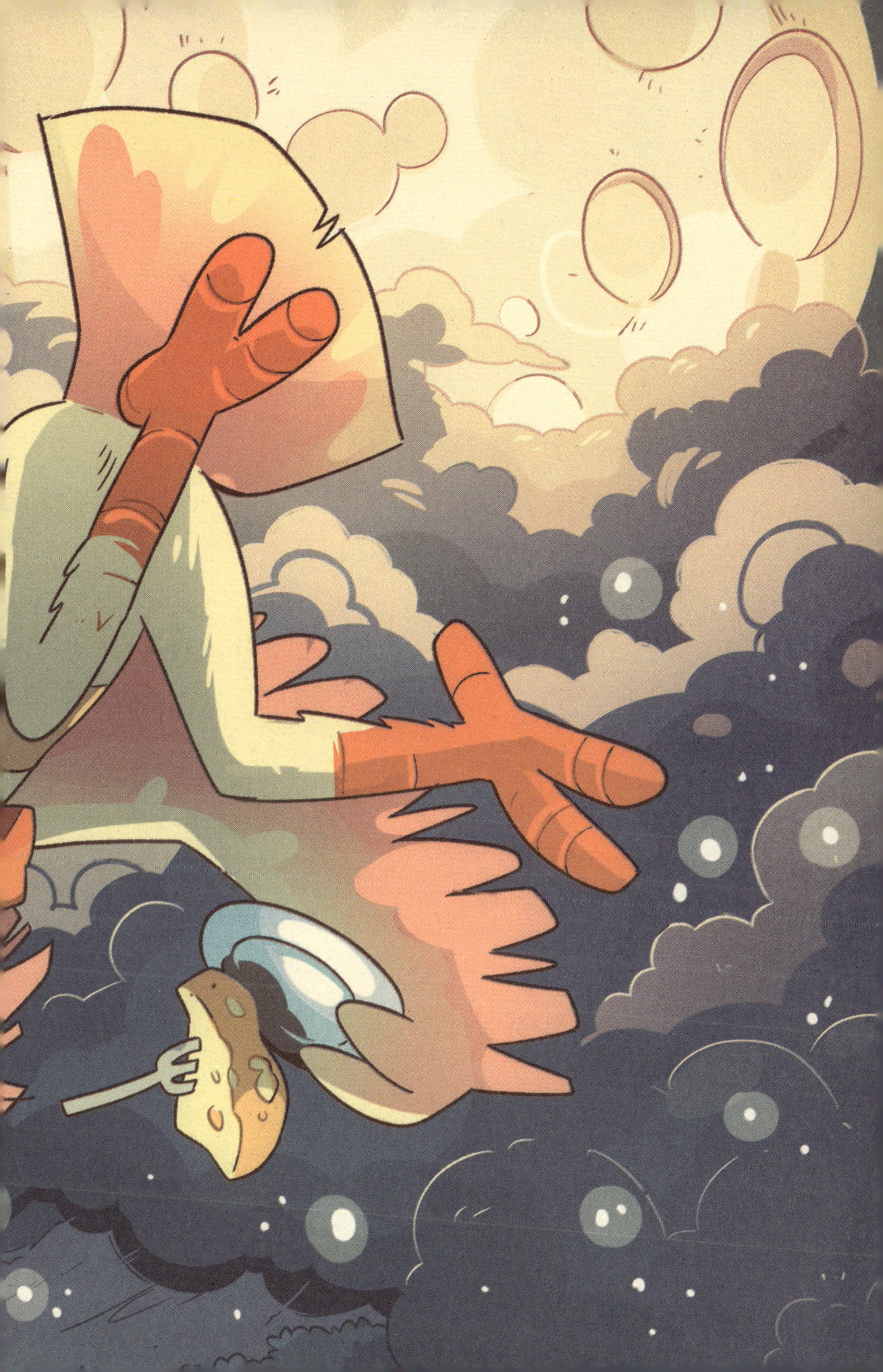

PRÓXIMAMENTE MÁS AVENTURAS...